# 沈黙の四十年

## 本当に戦争は終わったのか

櫨場 眞澄

文芸社

# はじめに

職業軍人の妻であった祖母から極端な戦争讃美の教育を受け続けたわたしが、戦争や軍隊に対して、はっきり対峙しなければと思ったきっかけは、偶然目にしたある一枚の写真だった。めったに雑誌など、手に取ることもないわたしであったが、美容院で自分の順番を待っていたときに、開いた週刊誌のグラビアに目を留めたのである。そこには、戦火の中を逃げていく裸足の少女の姿があった。少女の背後で機銃掃射が行われているらしく、砂煙が上っていた。

ベトナム戦争の写真であった。当時すでに終戦になっていたから、おそらくは報道写真の特集でもしていたのかも知れない。事情は定かではないが、強烈な写真の印象だけはわたしの脳裏に焼き付いた。写真に写っていた少女と、同じ年ごろの自分の娘が重複したからだ。自分の娘が機銃掃射で殺されるとすれば、それはとてつもなく恐ろしいことだった。

ベトナム戦争が激しかった時期は、わたしが高校生のころで、男子生徒の中には反戦デモに参加する者もいた。しかし、わたしは祖母の影響で、反戦運動をしたり反戦フォークを歌う人は、時代に迎合しているに過ぎないと、冷ややかな目で見ていた。こうしたわたしの内面は、その後、就職しても結婚してもあまり変わることはなかった。

そんなわたしが裸足の少女の写真によって、初めて戦争について考えさせられたのである。自分が母親になって、生命の尊さを実感したからかもしれなかった。

いずれにしても一枚の写真との出会いをきっかけとして、わたしは戦争について考えるようになった。

その後、わたしは米国の女流作家、エリザベス・ストーが『アンクル・トムズ・ケビン』を執筆するまでのエピソードについて思い出した。ある日、ストーは自分の家に逃げ込んできた黒人の女の子をかくまう。その女の子から自分が育った黒人たちの家のことを聞いて『アンクル・トムズ・ケビン』を執筆した。

それが黒人問題を広く社会に知らしめて、南北戦争の勃発に繋がったともいわれている。歴史の裏話の信憑性はともかくとして、ストーは黒人の女の子が人間らしく生きていく社会の誕生を願って、ペンを執ったのである。

こうした経緯を知るにつけ、わたしは平和で戦争のない社会を残すことが、自分のささやかな務めだと思うようになった。自分の子供だけではなくて、これから成長していく小さな無数の生命のために何ができるのかといえば、平和のために先の太平洋戦争を記録しておくことである。

とはいえ、わたしが生まれたのは終戦から八年後なので、空襲を経験したわけでも、軍需工場で勤労奉仕させられたわけでもない。わたしが自分のペンで記録できるのは、戦後である。あるいは太平洋戦争が戦後に残した負の遺産がなんであるかという問題である。これらの問題を検証するために、二つのノンフィクションを執筆した。

ひとつは、出撃から引き返した元特攻隊員が、戦後に持ち越した心の傷を描いた「沈黙の四十年」である。もうひとつは、戦前の全体主義が戦後社会に及ぼした弊害を描いた「個性の時代へ」である。
これら二つの作品が、太平洋戦争と戦後について考えようとしている人々の参考になれば幸いだ。

平成十五年八月十五日

櫨場眞澄

## もくじ

# 沈黙の四十年（ある特攻隊員の戦後）

# 一　元特攻隊員

## みどり荘

開通して間もない東京都営地下鉄・大江戸線の麻布十番駅で下車して、長いエスカレーターを乗り継いで地上に出ると、商店が軒を連ねた地域が広がっている。このあたりの街は、東京都内でも先鋭的な都市、六本木と隣合わせに位置しているにもかかわらず、華やかさとは裏腹に古風な雰囲気を漂わせている。老舗が多いことがその要因なのかもしれない。

平成十五年五月の午後、わたしは麻布十番にある「白水堂」という和菓子屋を経営する松浦喜一さんを訪ねた。松浦さんの名前はのちに登場するみどり荘の女将池田ツヤさんから聞いてはいたが、直接お会いしたことはなかった。幸いに『昭和は遠く』

の末尾にある著者紹介の欄に、「家業の和菓子店白水堂（東京都港区麻布十番）にて、製菓、販売に従事、現在に至る」と記されていたので、電話の番号案内で「白水堂」の番号を調べることができた。

松浦さんに電話をして、特攻隊の体験について直接話を聞かせてほしい旨を伝えると、時間を割いてくださることになった。すでに八十歳を超えておられるが、現役の菓子職人で、あまり長くは店を留守にはできないと条件が付いたが、とりあえず会ってくださることになった。

戦争の悲劇を語るとき、とかく戦争で命を落とした者に関心が向くものだが、わたしは生き残った側の心の傷について知りたいと思った。それは、戦争の検証作業の中でも忘れられがちな領域だ。

広島や長崎の原爆の生存者は、被爆という公然たる危害を被ったものとして、ジャーナリズムも光を当ててきたが、五体満足で生き残った兵士の戦後は、未知の領域である。旧軍人の自慢話は別として、戦場で生死の境をさまよった人の心をかいま見る機会はめったにない。こうしたわけで、わたしは松浦さんを取材することを決意したのだ。

特攻というのは、「決死」が前提となっているので、本来であれば生還して戦後を生き延びるということはありえないが、松浦さんは、後に述べるある事情で、生きて八月十五日の終戦を迎えたのである。いわば、特別攻撃という極めて特殊な戦術を経験した数少ない生存者なのだ。

特攻隊員であっても、実際に出撃する基地に配属される前に終戦を迎えた旧軍人であれば、それなりに生存者はいると思う。だが、実際に特攻機で出撃した体験者となれば、松浦さんは数少ない生き残りなのだ。

日本軍の大半を占めていた大正生まれの世代は、時の流れと共に姿を消しつつある。改めて言うまでもなく、特攻隊は第二次世界大戦中、日本軍が産み落とした典型的な産物である。

わたしが特攻隊について関心を持つようになったのは、今から十五年近く前、鹿児島県の伊集院町に住んでいたころであった。伊集院町が位置する薩摩半島は、第二次世界大戦の末期、日本の敗戦色が濃くなり、南方から米軍が北上してくると、特攻隊の出撃場となった。畑や野原に滑走路を敷いて、ほとんど秘密のうちに特攻隊の施設が設けられていったのである。

しかし、近代史への興味が、わたしと特攻隊を結びつけたのではなかった。伊集院町の自宅から車で三十分ほどの所にある吹上温泉・みどり荘に保養に訪れたことが、わたしと特攻隊を偶然に結びつけたのである。

昭和六十三年の八月、夏の暑さと育児の疲れから体調を崩しかけていたわたしに夫は旅に出て身体を癒すように勧めてくれた。そして温泉のガイドブックを買って、手渡してくれたのであった。その中から選んだのがみどり荘であった。

当時の私はせっかくのチャンスなのだから、オシャレなホテルに泊まりたかったのだが、何度ページを開いても出てくるのは「みどり荘」だった。

何かに引っぱられるように、みどり荘を保養先に選んだのだが、その後、特攻隊に関心を持つことになるとは、夢にも思わなかった。

夫は会社の仕事に追われて、一緒に旅をする余裕などとてもなかったので、わたしは近所に住む友人の娘さんを誘って、吹上町へ向かった。主婦の手前、長期にわたり家を空けるわけにもいかなかったので、一泊の予定で申し込んだ。

ちなみに、みどり荘が位置する吹上町の海岸は日本三大砂丘のひとつに数えられていて、なだらかな海岸線が長く延びて、海上からの上陸にはうってつけの地形になっている。

第二次世界大戦の終盤には、米軍の上陸を想定して、それを迎え撃つ部隊が海岸線を監視していたのである。塹壕もあちこちに掘られた。薩摩半島は、その地理的な観点から軍の要所となっていったのである。

後に知ったことだが、こうした状況の中でみどり荘は、軍の管轄下におかれ、上級将校や参謀の宿泊所として、あるいは司令本部として、さらに特攻隊員の最後の保養所として使われるようになったのである。

わずかばかりの集落からなる吹上町の中心街を抜けて、緑の田園地帯を抜けると、タクシーはやがて、山腹に沿った細い坂道を上る。駐車場で車を降りて、山門風の門をくぐると、左手に白壁の古風な家が姿を現した。

宿泊の手続きを終えると、わたしたちは石畳の上を歩いて、割り当てられた部屋に向かった。みどり荘は、普通の旅館やホテルとは違って、十軒ほどの離れや湯殿、それに宴会場などが山腹に点在している。

大きな藤棚の下を通り、階段を上っていくと右手には部屋が点在し、左手には文人墨客が書いた短冊がかけられ、より風情をかもしだしていた。深い山のみどりに深呼吸をひとつ。

卓を挟んだソファーに腰を下ろして、運ばれてきたお茶をいただき、池で泳いでいる水鳥や、山の緑をのんびりと眺め、それから、温泉に入ってくつろぎ、夕食には吹上漁港から水揚げされた魚をいただいたのであった。

## 薄井少尉の遺書

これがみどり荘に宿泊した最初であった。わたしはこの宿の雰囲気が、すっかり気に入って、その後たびたび、ここを訪れるようになった。当然、女将の池田ツヤさんとも親しく話をするようになった。

新しい人間関係が新しい世界を開くことがよくあるが、わたしが特攻隊に関心を抱くようになった背景を説明するとき、池田ツヤさんの存在を無視することはできない。

みどり荘の敷地で最も奥まった所に、池田さん夫妻が建てた観音堂がある。この堂には、ある特攻隊員の遺書が納められている。薄井義夫さんという少尉で、昭和二十年六月十九日に、みどり荘から車で三十分ほどの距離の加世田町（現在の加世田市）にあった特攻基地・万世飛行場から特攻機で飛び立ち帰らぬ人となった。

出撃の二日前から、薄井さんら特攻の隊を組むことになった四人の特攻隊員は、人生で最後の保養を許可されてみどり荘に宿泊した。薄井さんは遺書を書いて、池田ツヤさんの義理の妹に託した。その遺書が、茨城県の薄井さんの実家に届いたのは、幸運といわなければならない。

戦中のみどり荘は手紙類をも含めて、外部との接触が厳しく制限されていたからだ。軍の参謀などいわゆる要人が出入りしていたので、身の安全を確保するには、厳重な監視体制が必要だった。だから本来であれば、みどり荘で書かれた遺書が外部へ出るはずがなかったが、義理の妹さんが秘密裏に、遺書を地元の郵便局へ運んでいたらしい。

戦後、苗村七郎さんという方が、かつての特攻隊員を捜し出して、名簿や資料を編纂する作業の中で、薄井さんの遺書を実家で手にいれた。苗村さんはその写しを、みどり荘の女将である池田ツヤさんに届けたのである。薄井さんに代わって遺書だけが、生前に保養した宿を再訪したことになる。

歴史の裏舞台を知るにつれて、池田さんは心を揺さぶられたという。というのも、これはわたしの勝手な推測になるかもしれないが、池田さん自身が戦争の悲劇を身をもって体験されていたからだろう。

池田ツヤさんは、終戦を郷里の天草で迎えられた。しかし、終戦によって心の中にも平和が戻ってきたわけではなかった。長崎市に原爆が投下されて、池田さんの母方の親戚が七人も即死していた。池田さんのお母さんは、タンスの前に座り込んで泣いていたという。

遺体を捜すために長崎市へ行くことにして、タンスから旅用の服を取り出そうとしたが、長崎市への立ち入りが禁止されていることがわかり、途方にくれて泣き崩れていたのだ。その姿が池田さんの脳裏に焼き付いている。

池田さん自身も、長崎の女学校へ通っていた時代、軍需工場で奉仕活動をさせられ、うむをいわさぬ国家総動員体制という、戦争のもうひとつの側面を思い知らされた。工場のあちこちに、日本軍の進撃を激励するスローガンを書いた立て看板が設置され、女性たちはすべていわゆる後方支援に従事させられた。米国人の捕虜が銃の監視下で働かされている光景も目撃されたそうだ。

こうした生死にかかわる戦争体験があったので、池田ツヤさんは戦没者に対しては特別な思いを持たれているのではないかと、わたしは思う。昭和五十五年に、みどり荘の創業者である義父が亡くなったのを機に、池田さん夫妻は観音堂を建てたのであるが、そこに薄井さんの遺書のコピーも納めることにされたのである。

拝啓

青葉若葉の候も相過ぎ、梅雨の候とも相成り、毎日薄雲なる天候が続いて居ます。其の后皆様には御変わりなく御過ごしの事と拝察致します。

小生御蔭様にて至って元気に過ごし居ります故他事乍ら御休心下さい。

思えばこちらへまいりまして早や一週間、その間諸般の事情により、未だここに居ります。

何時出撃するかは存じませんが、私の事は御心配無く、御元気に御暮らし下さい。

清く散らなむ　桜花
　残れる桜　美しく咲け

大君の御楯となりて、今ぞ征く
　玉と砕けむ　大和武夫

静かに顧みれば、過ぎし日の楽しかりし思い出。又苦しかりし事あの南アルプスの山の影等。

然し今はそれらの事を一切忘れ、一特攻隊員として、一空軍将校として、行ってまいります。

最后に皆様の御多幸を、心より御祈り致してをります。

昭和二十年六月十七日

薄井義夫

死を見据えながら、これだけ冷静な文章を綴ることができたのは、驚きに値する。「残れる桜　美しく咲け」という表現は、国家のために命を捧げるならば、自分の家族が繁栄するという軍国主義の下での社会通念を、桜花にたとえて表現したものと推測される。

戦前の日本は天皇を頂点とするピラミッド型の社会で、親や上司など目上の人、特に神にも等しい天皇を「信仰」すれば、自分の家族が恩恵を受けると信じられていた。だからこそ薄井さんは、「残れる桜　美しく咲け」「大君の御楯となりて、今ぞ征く」と書き残したのだろう。念を押すまでもなく、「大君」とは天皇を意味する。

遺書には、短いながら南アルプスのことが出てくるが、池田ツヤさんは、長野県の穂高に住む友人を訪ねたとき、はからずもそれを思い出し、薄井さんがかつて仰いだ山並みを上空から我が目で確かめたい気持ちに駆られ、鉄道の旅を変更して、松本から大阪まで機上の人になったという。信心深い池田さんのことであるから、追悼の気持ちを込めて、機の窓から南アルプスの高い山々を見下ろしたのではないかと思う。

一方、わたしはその後、主人の転勤に伴い鹿児島から埼玉県の戸田市へ移り住んだ。地理的に遠く隔たったみどり荘を訪問する機会もなくなったが、薄井少尉のことを忘れたことは一日としてなかった。

そして松浦喜一さんの『昭和は遠く』が出版され、驚くべきことに、その中で、薄井さんのその後の軌跡が描かれていたのだ。著者の松浦さんは、薄井さんと同じ特攻隊の隊員であった。

## 昭和は遠く

『昭和は遠く』の記述によると、昭和二十年の六月十六日から十八日まで、薄井さんたち四人の特攻隊員はみどり荘で過ごした後、十九日の午後三時に万世飛行場から爆弾を搭載した特攻機で南の海へ向けて飛び立っている。

ところが、まったく予想もしない運命が四人の若者を待っていたのだった。

隊長の役割を務め先頭を切って飛行したのは、和泉さんという四人の中では最も飛行歴が長い人だった。しかし、和泉さんが操縦する機は、羅針盤が故障していて、軌道を外れがちだったので、そのたびに後方を飛ぶ薄井さんが、前に出て軌道修正しながら飛行を続けた。

海上は雨混じりの悪天候で、極めて視界が悪かった。しかも、敵のレーダーをかいくぐるために、海上二〇メートルの高度を飛行しなければならない。訓練の時にも体験したことがない、危険な低空飛行だった。

航空機には、飛行を続けるために最低限保たなければならない速度があるが、松浦さんによると、この時は時速三〇〇キロで飛んでいたという。プロ野球の一流投手が投げる球の速度が一五〇キロくらいであるから、その倍のスピードで飛行したことになる。ひとつ操作を誤れば海面に激突する。

　離陸してまもなく、四機のうち一機がエンジンの故障を起こして引き返した。特攻隊といっても、飛行が困難な場合に限って、基地に引き返すことが許されていた。一機が去った後、和泉さん、薄井さん、それに松浦さんの三人がそれぞれの機を操縦しながら敵艦へ接近していった。が、前途に思わぬ事故が待ち受けていたのである。

　戦闘機は二種類の燃料タンクを搭載している。左右の翼タンクと増加タンクである。離陸のときには翼タンクを使用して、一定の高度に達すると増加タンクに切り替える。そして増加タンクの燃料を使い切ると、再び翼タンクに切り替える。

　切り替える瞬間は、エンジンへの燃料の供給が途絶えるので、機は推進力を失い、自然に高度が下がる。だから切り替え作業をするときには、少なくとも一〇〇メートルの高度を取らなければ危険だ。

　ところが、これは推測になるが、軌道修正の任務に気を取られていた薄井さんは、タンクの切り替え作業を忘れていたらしい。忘れたまま低空飛行を続けて、燃料切れに気づいたときには、もう機首を上げることができなかった。

松浦さんは、自分が薄井機の異常に気づいた場面を『昭和は遠く』の中で、次のように描いている。

私は常に和泉機と薄井機とを注目しながら飛んでいたのであるが、突然、薄井機が高度を下げ始めたのである。我々は三機とも好調なエンジンに支えられてここまで飛んできた。薄井機に何が起こったか。エンジンが突然不調になったのか。羅針盤に熱中する余り高度感覚を一時失っただけなのか。薄井機のプロペラは回っているが、それは何となく力なく、まるでエンジンが停止したかのように、静かに少しずつ下降して行く。

海上二〇メートルで飛び続けている飛行機が高度を下げるということは、即、海へ接触するということである。一度下がり始めた機を引き上げるには、いくら操縦桿を「上げ」に操作し、エンジン全開にしても、ある下げ幅までは沈み込みの作用が働き、すぐに上昇することは不可能である。二〇メートルの高度では非常に危険だ。大丈夫か？

薄井さんが操縦する機は、一旦、海面に着水して、再び上空へ舞い上がるのだが、これは平たい石を水面に投げつけると着水してから、跳ね上がるのと同じ原理である。松浦さんの安堵も束の間だった。薄井機は、松浦さんの目の前で空中分解して、無惨にも南の海に散ったのである。

和泉さんは上空を旋回して、薄井さんに別れを告げた。それから機の高度を上げると、搭載していた爆弾を海に捨て、機首を転換して、飛行してきた航路を引き返したのである。松浦さんもそれに従った。

特攻隊員が任務を遂行できずに引き返すことは、当時の軍人の感覚からすれば非常な屈辱である。共に死を選ぶことを誓った仲間を裏切ることを意味するからだ。

しかも、当時は武士道の価値観が根強い時代であったから、自決の機を逸したことに対する恥の意識もあったと推測される。

こうして松浦さんは特攻の出撃から引き返して、次の出撃命令が下るのを待つ間に終戦を迎えたのである。その日からすでに、五十八年もの歳月が流れている。かつての特攻隊員はいま、東京・麻生十番の商店街で和菓子の老舗を経営している。

わたしは「白水堂」へ入ると、和菓子を陳列したガラス棚の向こう側に立っている職人風の若い男性に来意を告げた。すると、やはりガラス棚の向こうにある椅子に腰を下ろしていた老人が立ち上がった。メガネを掛けた優しい顔つきの人だった。映画などでたびたび見たことがある、特攻隊員の厳めしいイメージはどこにも残っていなかった。

場所を喫茶店へ移して、一時間ほど話した。特攻隊員がどういう気持ちで出撃したかは、『昭和は遠く』に書かれており、それを読めば松浦さんが反戦思想の持ち主であることがわかるが、改めて話を聞いてみると、旧軍人にありがちな、昔を懐かしむあまりに軍隊を美化する考えは完全に払拭されていることもわかった。松浦さんは戦後、どのように軍人から脱皮してきたのだろうか。何が松浦さんの意識を変えたのか。それを聞き出したいと思ったが、戦後の話題になると、とたんに口が重くなった。『昭和は遠く』によると、松浦さんが万世飛行場があった加世田市で開かれる慰霊祭に参加するようになったのは、昭和六十年前後からだ。また、戦友会には昭和五十二年に開かれた会に参加した後、十年近く参加しなかった。

この四十年近い歳月こそが、松浦さんがあまり話そうとはしなかった時期である。空白の時代に何があったのか。わたしは自分のペンでそれを発掘してみたいと思った。

# 二　長い沈黙

## 万世基地

吹上浜は、特攻隊にゆかりの深い地である。

松浦さんや薄井さんが出撃した日は、小雨が降っていたというから、海の色もさぞ黒々と濁っていたのではないかと思う。しかし、「御国」のために命を捧げる覚悟をしていた特攻隊員にとっては、暗い海の光景も明るいものに感じられたかもしれない。

「命が惜しいという感覚は、現在の人々の頭で考えてそう思うだけであって、われわれは、それが当たり前だと信じていたわけです。たしかに死ぬのは恐ろしかったですよ。しかし、日本が負ければ、皆殺しにされると教え込まれていたわけですから、順番がくれば出撃して死ぬのが当たり前のように考えていたのです。そのことに疑問を差し挟む余地などなかったのです」

松浦さんが繰り返した言葉が、わたしの中で蘇ってきた。

歴史的な事件の評価を定めるには、一定の時間を必要とする。『昭和は遠く』の中でも、特攻隊員は強制されて出撃したのか、みずから進んで出撃したのかが論じられている。松浦さんは、特攻は強制ではないと主張する。

反戦論者の中には、特攻は強制であったから犯罪である、という見方をする人が多いが、わたしはむしろ、命の重さを忘れさせてしまうような感覚を、教育によって国家が植え付けた点に、戦争の犯罪性を感じる。

もちろん徴兵制が敷かれていたのだから、客観的にみれば半ば強制的に特攻出撃へ向かわせたことになるが、嫌がる青年をむりやりに特攻機に乗せたのではない。むしろ、青年たちは国を守りたいという純粋な気持ちで、特攻を志願したのである。

松浦さんら四人の特攻隊員が出撃した万世飛行場は、日本の敗戦色が濃くなって、特攻の戦術が盛んに繰り返されるようになってから、秘密のうちに急造されたものであった。当時、このあたりは住民が少なかったうえに、大半の青年男子が兵士として徴兵されていたので、特攻基地があったことを知らなかった人も多いらしく、秘密基地なので、資料も残っていない。

薩摩半島の特攻基地としては、知覧の方が有名で、万世はほとんど知られていないのが実情だ。

特攻隊を想像させるものといえば、航空隊の練習機として使われた「赤とんぼ」なる機体をイメージした二階造りの建物、平成五年に建てられた加世田平和祈念館を除いて何もない。

祈念館の一階には、実際に使われたカーキ色の特攻機が展示してある。墜落して海中に沈没した特攻機のイメージを醸し出すために、機体の下には砂が敷いてある。翼の一部は砂の中に埋没している。天井から差すおぼろげな光が、海中の特攻機の無惨な姿をみるような印象を醸し出している。

二階には戦死した特攻隊員の遺影と遺書が、死亡した日付の順に展示されている。

松浦さんと一緒に出撃して亡くなった薄井義夫さんの遺影は、昭和二十年六月十九日の位置に展示されている。

『昭和は遠く』に書かれているように、この日、松浦さんら四人の特攻隊員が出撃した。このうち一人は機のエンジンの不調で引き返し、残る三人が沖縄へ接近したころ薄井さんの機が墜落した。そこで和泉隊長が生還の決断を下して機首を翻したのである。

実際、六月十九日の死者として遺影が飾られているのは、薄井さん一人だけである。祈念館の説明パネルには、航空部隊について次のような記述がある。

航空部隊は、飛行場を点々とする機動性があり、一カ所での生活は短かった。万世から出撃した特攻隊員も、数日か数時間のうちに給油と爆弾を装着すれば直ちに出撃するために一般の兵隊のような生活はなかった。

原則として万世に飛来した特攻隊員は、飛行場から直接加世田駅裏の特攻宿舎

「飛龍荘」にトラックで運ばれ、兵舎のようなベッド式ではなく、一階座敷の畳に軍用毛布を敷きつめて寝た。食事は木製の細長い座卓に向かって食べ、飛行場ではおにぎりの弁当で、一般の兵隊のように飯盒は使わなかった。

７５振武隊梅村要二伍長や４３３振武隊若尾軍曹らは、飛龍荘宿泊時の夜に、附近の家々を訪問して大歓迎を受けており、その時の記録がここに展示されている。

例外として五月末に出撃した一部の隊員は、三角兵舎に起居したり、１４４振武隊薄井少尉のように、伊作温泉（著者注：現・吹上温泉）の「みどり荘」に保養した者もあったが、軍紀はいつも厳正であった。

説明文によると、特攻隊員がみどり荘に宿泊するのは、「例外」であったとなっているが、池田ツヤさんが義理の姉妹からまた聞きしたところによると、実際には、かなりの特攻隊員が出撃の前夜に宿泊していたらしい。薩摩半島に設置された万世、知覧という二つの特攻基地から入れ替わり立ち替わり、特攻隊員が最後の保養にやって来たという。

池田さんの義妹の一人、みどり荘を自宅として育ち、現在は岐阜市に在住しておられる高橋ヨシ子さんは、特攻隊員が最後の晩餐をしている光景を目撃している。晩餐といっても食料が乏しい時代で、食卓は質素なものであった。

肩を組んで軍歌を合唱する特攻隊員たちの声が、高橋さんの耳にも聞こえてきたという。ささやかな宴会が終わると、特攻隊員は温泉で最後の垢を洗い流し、畳の間で床に就くのであった。

ただ、敗戦の間際になってくると、宴会は行われず、保養するだけだった。松浦さんも、宴会をした記憶はないと記している。記憶しているのは、緑の山々に降りそそいでいた小雨だけだそうである。

みどり荘を後にして、出撃の基地へ戻るときには、どの隊員も女将であった高橋さんのお母さんに、丁寧にお礼を述べるのを忘れなかった。死を前にしながら、取り乱した様子がないのに、高橋さんは心を打たれたそうだ。

制空権が米軍に握られていたうえに、みどり荘が参謀本部の役割を担っていることが米国にも漏れていたのか、時々、米軍機が飛来しては空爆を繰り返した。そこで特攻隊員たちが出撃前に戦死してはいけないということで、兵士たちがみどり荘の敷地内に防空壕を掘ったという。

特攻隊員の中には、基地を離陸して機体をくねらせながらみどり荘の上空を舞ってから、南方へ向かう者もいた。言葉は届かないが、これも特攻隊員のあいさつであった。

それに気づくと高橋さんは、外した前掛けを力いっぱい機に向かって振り、別れの合図を送ったという。

松浦さんたちは、みどり荘の上空に飛来することはなかったが、やはり機体を振って地上の人々に最後の別れを告げたのであった。松浦さんは、自分が生きて再び地上に降り立つとは夢にも思わなかった。現在の時点から見れば、極めて特殊な心理状態にあったと推測できる。

その意味では万世飛行場は、松浦さんの人生で、特別な意味を持つ場所にほかならないが、終戦を迎えたのは、万世ではなくて、薩摩半島のもうひとつの特攻基地、知覧の飛行場であった。次の出撃を控えて、六十人あまりの同僚と一緒に待機していたときに、図らずも、終戦を告げる天皇のラジオ放送が流れたのであった。

## 旧軍人たちの戦後

昭和二十年の八月十五日を、松浦さんははっきりと記憶している。特攻こそが青春だと信じていた特攻隊員たちは、敗戦という事実をすぐには受け入れることができなかったに違いない。

しかし、個人的な感情とは無関係に、航空隊は解体されて、隊員たちは一方的に戦後の世の中へ放り出されたのである。

松浦さんは知覧から長崎の親戚へ向かった。幼少時代からたびたび訪れていた両親の郷里である。

菓子職人であった松浦さんのお父さんは、大正十一年に現在の東京港区の麻布十番に「白水堂」を設立していた。松浦さんはその翌年に生まれているが、出生地は東京ではなくて長崎である。

まだお腹の中にいる時期に、関東大震災があって自宅が倒壊したので、母親は長崎の実家へ一時的に移り住んだ。その時期に松浦さんが生まれたのである。

その後、東京へ戻ったが、長崎の祖父や祖母にとって、松浦さんはよほど可愛らしい存在だったのか、夏休みなどに訪ねて行くたびに、鶏をつぶしてすき焼きを作ってくれたらしい。その第二の郷里へ、除隊になった松浦さんは向かった。

あちこちで鉄橋が落ちていたので、鹿児島から長崎へ到着するまでに二日を要した。長崎市は原爆で焼け野原と化していた。

親戚の家で数日を過ごした後、松浦さんは東京へ旅立った。家族が東京郊外の三鷹市へ疎開していることは、万世基地へ配属される前に聞いていたので、皆の居場所を捜す苦労は免れた。

東京へ向かう列車はすし詰めだったうえに、鉄橋が爆破されていたので、移動は困難を極めた。東京に到着するまでに一週間もの時間を要したのである。鉄道沿線の主要な都市は、壊滅していた。

列車の窓外に現れた東京の街も廃墟になっていた。際限もなく焼け野原が続くので、列車がどのあたりを走っているのかすら見当がよくつかなかったという。

生還した松浦さんを見て、家族は涙を流して喜んだ。お母さんと妹さんは、松浦さんが死なずに戻ってくると、信じていたそうだ。こうした心理は、生き続けてほしいという強い祈りが変形したもののように思えた。

松浦さんのお父さんは疎開していたあいだ、三鷹でも細々と菓子作りを続けていたという。砂糖や小麦粉がなかなか手に入らないので、糖分を含むぬかでドーナツを作った。

「白水堂」は昭和二十五年に現在の港区麻布十番に再建され、それを機に松浦さんは菓子職人として生きる決意をするのだが、それまでは職を転々としたらしい。お父さんも「白水堂」を再建するまでは、バラックで野菜を売買していたのである。だれもが生き延びるために必死だった。

菓子を作りながら、松浦さんは復興されていく東京の街を見つめていたのだが、特攻の体験について他人に語ることはなかった。

当時の青年の大半は軍隊の体験があったので、初対面のときには、どこの隊に所属していたとか、どこで終戦を迎えたとか、そういった類の話になることが多かった。しかし、松浦さんは特攻出撃して引き返したことは隠し続けた。

特攻に出撃して引き返したことで、特別な目で見られるのではないかと警戒したのがその理由である。戦後民主主義の急激な浸透で、戦争が誤りであったとする考えがすみやかに普及したとはいえ、旧軍人がそう簡単に新しい価値観を受け入れたわけではなかった。

特に士官学校出の職業軍人の多くは、戦争を反省することもなく、反米感情を内に秘めて、軍人としての誇りを携えたまま戦後を生きたのである。

もちろん、松浦さんの過去を知っている旧軍人の中には、

「生きて帰ってよかったな」

と、ねぎらいの言葉をかける人もいたらしい。

しかし、松浦さんはそれが本心なのか、単なるあいさつ言葉なのかよくわからなかったという。

これはわたしの憶測になるかも知れないが、特攻から生還する決断を下した和泉隊長は、松浦さんよりも遥かに多くの苦しみを味わったのではないかと思う。同じように特攻から引き返したとはいえ、和泉さんはその判断を下した本人で、松浦さんは部下としてそれに従ったに過ぎなかった。

心痛が和泉さんの寿命を縮めたのか、終戦からわずか九年後、若くして他界されている。

## 払拭されぬ戦前

人間の意識は時代が改まったからといって、一夜にして変わるものではない。古い時代の価値観が払拭されるまでには、長い時間を要する。そのことをわたしは自分の体験を通じて知っている。

幼少期に、わたしにもっとも影響を与えたのは、父方の祖母だった。祖母はまさに時代を錯誤していた人だった。両親は仲が悪く、わたしの教育も放棄していたので、祖母が自分の判断で武士道まがいの自分の価値観を教え込もうとしたのだ。

祖父は職業軍人であった。わたしが生まれたときには、すでに亡くなっていたので、写真でしか顔を知らないが、軍人としての祖父の「活躍」は、祖母から毎日のように聞かされた。いわばそれが、わたしにとっての子守歌のようなものだった。

しかも、その自慢話というのが、朝鮮の人々に対していかに残忍な行為を働いたかといった類のものばかりだった。その詳細をここで紹介するのもはばかられる。日本の七三一部隊が中国人を使って、秘密裏に生体実験をしていた事実を記すだけで、その残忍な性質を想像するのに十分だろう。

祖母にとっては、大陸で日本軍が中国を支配し、その中に自分の夫も参加していたことが誇りだった。戦争を反省する気持ちなど頭からなかった。

「眞澄ちゃん、ちょっと来てごらん」

と、祖母が声をかけると、わたしはなんの疑問も差し挟まないまま奥の部屋へ入っていく。祖母はサヤから日本刀を半分ばかり抜いてから、

「これが家宝です。あなたがこの家の跡継ぎになるのですから、ちゃんと見ておきなさい」

と、言うのが口癖だった。

普通、四、五歳の少女が日本刀がサヤから抜かれるのを目にすれば、恐怖を感じるものだが、毎日のように続けられるうちに、それが当たり前になって、なんとも感じ

なくなっていった。

切腹して自決する方法まで祖母から教えられた。まず、はじめに正座して腰ひもで両足を縛る。これは切腹の後に、足の姿勢が乱れないようにするための措置である。それから脇差を両手で握りしめて、一気に腹部に突き立てる。

信じられないような話だが、終戦から十年を経た昭和三十年代でも、私の家ではこうした教育が行われていたのだ。

祖母は、戦争に負けたことで、軍人の地位が失墜して、高級将校の妻として周りの人々から特別にちやほやされることもなくなった。それゆえにかえって、新しい時代の風潮を憎み、わたしを武士道でがんじがらめにしようとしたのかもしれない。

それに農地改革で広大な土地も失っていた。つまり日本が戦争に負けたことで、地位も名誉も財産も失ったのである。

学校の先生も軍隊の「残りかす」を、そのまま引きずりながら生徒に接していたように思う。もっとも教職員の場合、わたしの祖母のように戦後に登場した自由や民主主義といった価値観を全面的に否定していたわけではなかったが。

戦後、いち早く日教組（日本教職員組合）は、「再び教え子を戦場へ送るな」というスローガンを打ち出した。戦前の全体主義の教育によって、教え子を戦場で死なせたことに対する反省だった。

しかし、教師の大半が全体主義の誤りを理解したうえで、こうしたスローガンを叫んでいたかどうかということになると、はなはだあやしい。日教組の幹部が戦前の教育の誤りを検証したことは確かとしても、末端の教師もおなじように反省したかははなはだ疑問が残る。

上からの命令には忠実に従うことをよしとする慣習の中で、大部分の教師は日教組中央の方針に迎合して、よくわけがわからないまま、「再び教え子を戦場に送るな」と叫んでいただけのことかも知れない。

個人の考えがどうかということよりも、チームの和を乱さないことの方が大切だという意識の方がよほど強かったはずだ。教師といえども、そう急激に頭の切り替えができるはずがなかった。

現に軍隊時代の習慣の名残なのか、生徒を殴る教師を見かけることがあった。たしか、わたしが中学校のときだと記憶しているが、学校の便所の前で、美術の教師がスリッパで二人の生徒を殴っている光景を見たことがある。

何が原因なのかは知らないが、美術という教科の先生の行動としてはあまりに違和感があった。まるで将校のような口調で、

「歯を食いしばれ」

と、前置きして、自分のスリッパを手に取ったのであった。便所から出てきたばかりだったので、スリッパの底には場合によっては汚物が付いていたかもしれなかった。殴られる方にしてみれば、非常な屈辱だ。その異常な光景ゆえに、いまだに忘れられずにいるのである。

が、奇妙なことに戦前はいうまでもなく、戦後も長いあいだ子供に体罰を加える教師が父兄からはありがたがられた。

このように古い価値観が払拭されなかった戦後社会である。旧軍人たちの間で、戦死者を英雄として讃えることが半ば当たり前になっても不思議ではなかった。

しかし、軍隊の中でも特殊な体験を持つ松浦さんは、戦死者を美化する旧軍人たちの態度に内心では憤慨していたのである。特攻で亡くなった人に対して、まず、謝ってほしいというのが松浦さんの強い想いであった。だから、戦死者を讃えるだけの戦友会や慰霊祭には、長い間参加しなかったのである。

さらに松浦さん自身の問題として、もし、決死を誓い合った仲間と同じ運命をたどれずに、自分だけが生き残ったことに対する自責の念が少しでもあったとすれば、死んでいった戦友たちに近づくこともはばかられたのではないだろうか。

いずれにしても複雑な要因が絡みあって、松浦さんは長い間特攻体験を語ることもなければ、かつての戦友と親交を深めることもなかったのだ。

## 三　死者たちに語る

### 再び万世へ

松浦喜一さんが戦後初めて、万世飛行場があった現在の加世田市を訪れたのは、昭和二十四年であった。かつて自分が飛び立った滑走路を前にして、何を考えたのだろうか。

昭和二十一年に日本国憲法が発布され、その中で戦争の放棄が謳われていたことに松浦さんは深い感銘を受けたというから、万世の土を踏んだときには、旧軍人の意識からはかなり脱皮していたはずだ。

これはわたしの単なる推測になるかもしれないが、松浦さんは、自分はどういう心理状態で出撃したのか、現地へ足を運んで確かめてみたかったのではないだろうか。

たしかに強制された出撃ではなかった。だが、その事実を冷静に考えてみるほどに、やはり特殊な心理状態に置かれていたと言わざるを得ない。それがなんであったのか、自分に問いかけながら、加世田市まで足を運んだのではないか。

しかし、バスを降りた松浦さんの目の前に広がっていたのは、青々と茂った芋畑だけだった。滑走路は跡形もなくなっていた。元々、畑をつぶして急造した滑走路だったので、終戦後、元の状態に戻したのであった。

その後、万世から松浦さんの足は遠のく。結婚して家庭を持ち、「白水堂」の経営に心血を注ぎ、多忙な日常の中で意識的に過去の記憶を消し去ろうとしていたのかもしれない。

## 戦友の声を発掘する

昭和三十年になって、薩摩半島にあったもうひとつの特攻基地、知覧に観音像が立った。すでに述べたように知覧は松浦さんが二度目の出撃を待つ間に、終戦を迎えた地である。地図の上で見ると、知覧は万世飛行場がある加世田と隣り合わせになっている。

松浦さんは建立された観音像を拝むために知覧へ赴いた。すると、意外な光景がそこに待っていた。平和祈念館を設立するための募金を呼びかけるポスターが、町の所々に貼ってあったのだ。松浦さんは、特攻を歴史に留めておこうという動きがあることを知ったのである。

当時の金で千円を寄付してから、松浦さんは東京へ戻った。それから間もなくして、寄付に対する礼状が届いた。このころから松浦さんは、知覧だけではなくて、万世から特攻機で飛び立った戦友たちのことも記録に留めておく必要があるのではないかと考えるようになったという。

終戦からすでに二十年が過ぎて、なんらかの努力をしなければ、体当たり攻撃した戦友たちのことが歴史のページから消えてしまう恐れがあった。まして万世は秘密裏に作られた基地で、地元の住民ですら過去に何があったのかを知らない人が多い。しかし、鹿児島と東京ではあまりにも距離が隔たっていたこともあり、結局、自分の力では何も成し得ないままに歳月だけが流れていったのである。

昭和四十七年になって、かつて万世飛行場があったところに慰霊碑が建立された。これはやはり、元特攻隊員で出撃しないまま終戦を迎えた苗村七郎さんが尽力された結果であった。

松浦さんは苗村さんとの関係を、『昭和は遠く』の中で次のように述べている。

　第六十六戦隊の小隊長であり、特操一期出身者であった苗村氏が、宿舎飛竜荘に訪ねて来たのは、我々が万世到着後、間もなくであった。私は、その時が苗村氏との初対面であったが、苗村氏とその時、特に話をした記憶はない。苗村氏が一期の仲間と話をされていた姿をわずかに思い出すだけで、戦後も、苗村氏と再会するまでは、この時のことを思い出すこともなかった。

苗村氏は特攻隊員が万世に到着する度に、宿舎を訪ねては、特攻隊員のそれぞれの家郷の連絡先住所と親族の名前とを、苗村氏自身で個人的に記録されておられるようであった。

このことが、戦後、昭和四十九年に発表された『よろずよに』及び昭和五十一年、『万世特攻隊員の遺書』の二つの著書を書かれた基礎となったのである。

昭和四十七年、万世に特攻慰霊碑が建立されてから、毎年、慰霊祭が開かれるようになったが、松浦さんは昭和五十九年まで参加していない。すでに述べたように、戦友会に定期的に参加するようになったのも、昭和も終わりに近づいてからだった。そして平成に入ってから『昭和は遠く』の執筆に取りかかるのだが、みずからの特攻体験を語ろうという気持ちになった背後に何があったのか。

松浦さんによると、それは自分しか特攻の真実を語る者はいないのではないかという一念だったという。戦争体験といえばとかく、漠然とした概念で一括りにされがちだが、実際には千差万別だ。池田ツヤさんのように、親族が原爆に被爆した人もいれば、大半の農村の人々のように空襲に遭わなかった人や、食料にもそれ程不自由したことがない人とでは、戦争についての受け止め方が異なると思う。

戦争と隣合わせに生きていた軍人たちといえども、戦争体験はそれぞれに異なる。松浦さんが所属した特攻隊の場合、その大部分は飛行訓練を受けただけで、出撃基地に配属されることもなく終戦を迎えている。配属されて出撃した者は、そのほとんどが亡くなっているので、どんな心理状態で出撃したかを語れるのは、おそらくは松浦さんたち数人に限定されるだろう。

と、すれば自分が特攻の記録を残しておかなければ、歴史の真実が消えてしまう。自分にはその責任がある。次々と出撃していった人々の思いを後世に残せるのは、自分しかいないことに気づいたとき、松浦さんは遺書のつもりで執筆に取りかかったのである。それは南の海に散った仲間たちへの供養でもあった。彼らの想いを、後世へ伝えることで、松浦さんは戦友たちに近づこうとしたのだ。

さらに松浦さんの年譜や『昭和は遠く』の記述からも、執筆の動機をいくつか推測できる。

昭和五十九年に、松浦さんは初めて万世の慰霊祭に参加するのだが、このとき、薄井さんの三人のお姉さんと対面している。慰霊祭が終わった後、夜になってから、松浦さんはみどり荘の一間で、薄井さんの遺族を前にして、みずからの口で墜落事故の様子がどのようなものであったかを語ったのである。

苗村さんの著書にも、薄井さんの事故死についての記述はあったが、遺族としては死の瞬間を実際に見届けた松浦さんから直接、事故の状況を聞きたいというのが本音だった。薄井さんの遺族と語る中で、松浦さんの心に特攻の真実を伝えることができるのは、自分を除いてだれもいないという自覚が強くなったとも言えるだろう。

さらに、およそ十年ぶりに参加した昭和六十年頃の戦友会で、松浦さんは特攻から共に引き返した和泉隊長が、昭和二十九年に既に他界されていたことを知り、時間の経過と共に歴史の証言者がこの世から消えていくことを自覚する。

和泉さんの死を知ったときの心境を松浦さんは、『昭和は遠く』の中で次のように述べている。

それまで私は和泉氏の住所を探し出し、お訪ねしようとする心の余裕を全く持っていなかったのである。それは不思議な心境でもあり、残念なことでもあった。私は和泉氏の生還への決断について、和泉氏から直接聞く機会を永久に失ったのである。

その後、松浦さんは和泉さんの奥さんに手紙を書くのだが、和泉さんが生還を決意した理由は、やはりわからないままだった。実際、『昭和は遠く』の中でも、松浦さんは生還の理由を自分の推測として書いている。それによると、和泉さんに生還を決意させたのは、部下を事故により死なせたことに対する自責の念と、戦況が悪化していて明らかに敗戦が見えていた事実だ。

これら二つの点を松浦さんは、和泉さんが引き返した理由として想像しているのだが、決死の覚悟から生還の決意へ切り替えさせた直接の原因は、やはり薄井さんの事故であったのではないか。薄井さんの機が海面に接触して空中に跳ね返り、真っ二つに分断されて、雨が降る暗い海に消えていくのを目にしたとき、はじめて自分がもうひとりの部下である松浦さんをも死へと導いていることに、突如として気づいたのではないだろうか。妙な表現になるが、薄井機の事故を見て、特攻の悪夢から目覚めたのでは。

二人目の部下を道連れにするという、恐ろしい過ちを犯そうとしていたことを自覚したとき、和泉さんは機の高度を上げて、爆弾を海に捨て、特攻から引き返したのであろう。

こうしたことを推測したとき、松浦さんは自分のペンで戦争犯罪を告発しなければならなかったのではないか。

既に述べたように、和泉隊長の特攻機は羅針盤が故障していた。そこで軌道から外れそうになると、松浦さんが前方に出て軌道修正しながら引き返したのであるが、和泉さんは最初、軌道修正にまったく従おうとしなかったという。そこで松浦さんは、何度も和泉機の前に出て軌道修正を繰り返したのである。こうした状況から和泉さんが海上のどこかで一人、自殺しようとしたことが察せられる。引き返して基地には戻れないと思ったのだろう。

が、結局、最後は松浦さんの執拗な軌道修正に従って北上を続け、長崎の大村基地に着陸したのである。和泉さんの行為は、薄井さんを失った後、松浦さんを突撃させないための処置であったのではないか。

## 五十年目の慰霊祭

原稿は二年あまりの歳月を経て完成した。松浦さんは仕事の合間を縫っては執筆を続けて、原稿を仕上げたのである。そして出版社を探しはじめた。方々の出版社に手紙を書いて、原稿を読んでくれるように依頼したが、返事をくれる社はどこもなかった。プロの書き手ではない松浦さんの原稿を読もうという出版社は、なかなか現れなかった。

しかし、突如として出版への道は開ける。あるとき、径《こみち》書房から出版された『長崎市長への七三〇〇通の手紙』という本が、松浦さんの目に留まった。

この本は長崎市の本島等市長（当時）に宛てた住民からの手紙を編集したものである。本島市長は、平成二年の一月十八日に市庁舎前で、ある男によって狙撃され重症を負った。天皇の戦争責任について発言したのが原因とされている。当時社会を騒然とさせた事件である。この事件を機にして、言論の自由の問題についても議論を呼んだ。

松浦さんは、径書房なら特攻隊員の手記にも興味を示すのではないかと考えて、当時の原田奈翁雄社長に手紙を書いた。

すると翌日になって早速に電話がかかってきた。原稿を読みたいとのことだった。

そこで松浦さんは原稿を携えて、千代田区の水道橋にあった径書房を訪問したのである。

松浦さんにとってははじめての出版社訪問であった。編集室のそこかしこに本や書類が積み上げられていて、その雑然としたさまに驚いたという。

一週間ほどして再び原田社長から連絡があり、正式に出版が決定した。原田社長のアドバイスで修正を重ねた。その作業の中で新たな修正箇所が生まれてきて、結局、ゲラになるまでさらに二千枚ぐらいの原稿を書きつぶして、二年後に六百枚の手記が完成したのである。『昭和は遠く』が書店に並んだのは、平成六年の六月であった。

ちょうど、PKO（国連平和維持活動）による海外への自衛隊派遣が国会で議論されるようになったころである。バブル経済が崩壊して、企業が生産の拠点を海外の第三世界へ移し始めたのにともない、進出先の国の治安が不安定になった場合に備えて、いつでも邦人救出ができる態勢を作っておこうという考えが背後にあったと推測される。平和的な派兵なのか、将来的には戦闘参加への道を開くのかがあちこちで議論されたが、いずれにしても国際協力を口実にして、自衛隊が海外へ出るための最初の足がかりが築かれようとしていた時期である。

皮肉なことに、こうした時代の変わり目に、元特攻隊員の遺書ともいえる本は出版されたのである。

読者からの反響は大きかった。初版はたちまち売り切れて、再版を三度も重ねた。読者からは百通を超える手紙が、松浦さんに寄せられた。出版を機にして、松浦さんは自分の特攻体験を隠すことなく語るようになったのである。

本を執筆する作業を通じて、松浦さんの内面でどのような変化が起きたのかは知らないが、自分の体験を書き言葉に置き換えることで、事実を客観的に捕らえなおしたことは疑いないだろう。物事を記録することは、そういう側面を持っている。言葉の力でひとつひとつの事実を再確認する。その作業を通じて、松浦さんは戦争というものは個人の責任ではなくて、国家責任であることを感じ取ったのではないだろうか。戦争というものを、言葉の力で認識しなおしたとき、生き残った自分も、死んでいった戦友も、そして戦争を美化する旧軍人たちも、同じ戦争の犠牲者であることに気づいたのではないか。
実際、『昭和は遠く』が出版された翌年の慰霊祭で、松浦さんは次のような慰霊の言葉を読み上げている。

戦後、五十年の歳月が流れました
皆様、五十年前の皆様
早く、ここにお出でになって下さい
今、ここには大勢の人々が
皆様をお待ち申しあげております
皆様が愛した肉親の方々です
皆様と生活を共にした戦友たちです

皆様の栄誉をたたえる大勢の人々です
五十年前の、あの日
皆様が飛び立った、この地
万世飛行場があった、この地に今
多勢の人々がお待ち申しあげております
どうぞ、どうぞ、ここにお出でになって下さい

私は五十年もたって、やっと初めて
皆様とお話しすることを、おゆるし下さい
遅くなりました、大変、遅くなりました
私は、もっともっと早く、お話ししたかったのです
一日も早く、皆様とお話ししたかったのです
しかし、それは出来ませんでした

皆様と同じように、かつて特攻隊員でありました私は
生き残ってしまいました
それで、私は
皆様の真実の心に近づくことが出来ませんでした
皆様のおそばに近づいてはいけなかったのです

五十年の長い歳月がかかりました
余りにも長い歳月でした
おゆるし下さい、少しだけ近づかせて下さい
過ぎ去りし五十年前
皆様と共に暮らした日々が懐かしく思い出されます

あの時、昭和二十年の万世基地

満開の桜の小枝を手折って
皆様は機上の人となりました
早朝の、まだ明けやらぬ空を見上げての
或いは、夕方のこれから闇に向かう出撃もありました

前方には暗雲が海面にたれ込め
雨、風、そして敵機は襲いかかりました
それらを皆様は突き破って進みました
そして敵艦へと突入して逝きました
桜の花びらも一緒に散っていきました

それは愛する人々
それは両親であり、妻子、兄弟姉妹

或いは恋人たちを
守るための愛であり、祈りであったのです

戦争は終わりました
今や、日本には戦争のない平和が続いております
それは、皆様の愛と祈りを、そして
戦争による人の死は決してあってはならないことを
日本人の心に教えたからでした
私は五十年かかって、やっとこれだけ書きました
これだけしか書けなかったのです

「おい、おい、これだけじゃ、まだ足りないぞ
もっと、もっと、しっかり書け」

皆様はきっと、そのようにお叱りと思います
そうです、私は、もっともっと書かなければいけなかったのです
おゆるし下さい　今の私に未だ　それだけの力はありません
皆様、今、私は皆様の前に額ずいております
なにとぞ、皆様のお力を私にお与え下さい

乏しい力で書きましたこの本
『昭和は遠く』を私は献じ捧げ
おゆるしを、こい願うものでございます
ここにご遺族、戦友、参列者一同と共に
皆様の御霊が永遠に安らかでありますよう
お祈り申し上げ、お別れといたします

皆様、また、お迎えさせて頂きます
それでは、お迎えできます日まで、さよなら！　さよなら！

平成七年四月三十日

松浦喜一

# 個性の時代へ

## 一　家族会議

### 自分で選ぶ進路

息子が高校卒業後の進路をどうするかで悩んでいたころ、一家四人で家族会議を開いたことがある。平成十四年の八月、息子が高校三年生の夏であった。息子は三年生の一学期が終わっても進路を決めていなかった。

進路の決定を秋まで持ち越すわけにもいかないので、励ましの意味を込めて、わたしと夫、それに会社勤めをしている娘の三人が相談に乗ることになったのである。

しかし、実を言えばわたしも夫も息子の将来について、こうしてほしいという具体的な要求はなかった。ただひとつ、親として願うことがあるとすれば、それは自分の将来は自分の意志で決めてほしいという点だけだった。だからわたしが家族会議の場

で息子に告げた言葉は、

「自分がほんとうになりたいものは何か、真剣に考えてみなさい」

この一点だけだった。

延々と話をしたにはしたが、結局、このことだけをはっきりと伝えておきたかったのだ。

息子もそれで納得したようだった。夏休みの間、自分なりにこれから先の生き方について模索していたが、進路をどうするかという問題に関しては、やがて二つの選択肢に絞った。ひとつは大学へ進学して獣医になる道である。息子の動物好きは、おそらく家族に影響されてのことだろう。わが家では猫と犬も家族の一員であった。

獣医学科がある東京農大などに足を運んで、息子は学科について調べていたようだが、獣医に付きものである外科手術がどうしても肌に合わないということで、断念した。それに、あまり熱心に学校で勉強をしていなかったので、大学へ進学するとなれば、浪人する必要があった。息子が自分で決めたのであれば、浪人に反対するつもりは、わたしにも夫にもなかったはずだが、息子は息子なりに考えたのだろう。

結局、自分で選んだ進路はゲーム関係の専門学校への進学であった。テレビゲームのストーリーやプログラムを作る技術を学びたいというのであったが、正直なところ、わたしはこの選択にはやや抵抗があった。テレビゲームには殺人や戦争が日常茶飯事で登場するとの認識があったので、息子が戦争や殺人をゲーム感覚で誤って理解するのを恐れたからだ。しかし、息子が自分で決断した道であるには違いない。わたしは何も言わず応援することに決めた。

自分の道は自分で責任を持って決めて、なおかつ実行するのは、わたしが理想としている生き方である。夫もそういう考えの持ち主であった。現在は安定した会社に勤めているが、夫もそれまでは何度も転職を繰り返してきた。

福岡の大学を卒業した後、夫は大学教授の紹介で小さな工務店に就職した。ところが結婚して娘が生まれ、これから養育費がかかるというときに、社長が突然死してしまった。幸いすぐに新しい仕事を見つけたものの、給料が安く、昇給もほとんどなかった。これではお先真っ暗だということで、一級建築士の免許を取るための勉強を始めた。夫は夜遅くまで机に向かうようになった。

免許を取った後は、かなり待遇のいい会社へ転職できた。東京へ出張する機会も増え、そのうち転勤で首都圏に移り住むことになった。これはみずから望んでの異動だった。会社の命令があるまで個人の希望を口にしない、それが常識だった時代のことである。

新しい土地での生活が始まっても、夫は建築士として自分の腕を磨いていた。そして、一旦会社を辞めて、知人と新しい会社を立ち上げた。結果的にこの起業は失敗したが、みずからの意志でなにかに挑戦する夫を私は精一杯応援した。

高度経済成長の時期に学校教育を受けたわたしたちの世代は、転職をよしとしない考え方が主流の中で育った。学校を卒業してひとたび就職すれば、そのまま定年まで同じ会社で忠実に働くことが、常識ある社会人であるという考えが一般的で、履歴書に転職歴があるとクセのある人ではないかという疑いの目で見られるのが常だった。

幸いなことに、夫が身を置く建築士の世界では、この当時ですら少し状況が異なっていたのだと思う。何よりも実力が優先される世界であった。それがすべて、と言っても過言ではない世界だった。

ビジネスに大きな影響を及ぼすものは人脈であるとされる。建築士の場合も、もちろんそうなのだが、いくら人間関係を築くのが上手でも、建築のセンスがなければ生き残れない。夫は職能を高めることを最優先したのである。

こうした夫の姿を身近に見ていると、自分の意志で方向を探りながら生きていく難しさ、素晴らしさを実感するのであった。息子と娘にも父親のように生きてほしいと考えるようにもなった。わたしと娘、あるいはわたしと息子の間には、親子関係がもちろんある。でも子供たち本人の意志だけは尊重する。逆に言うならば、子供たちにも尊重されるべき意志を持ってほしい。それがわたしの方針であり、願いでもあった。

だから息子が、進路決定が遅れたとはいえ、最終的に自分の意志で卒業後の道を決めたことが嬉しかった。どのような進路を選んだかよりも、自分の意志で決めたのが、何よりも誇らしかった。

## 不登校

そのきっかけは病気だった。貧血気味になって、病院で診察を受けたところ、血液中のヘモグロビンが異常に不足しているのが明らかになった。自宅で療養している間に、試験漬けにされる学校生活を、離れた場所から振り返ったためか、にわかに心の変化が起きていたらしい。

体調が回復してからは、以前のとおり「いってきます」と、元気に挨拶して自宅を出ていたので、担任の教師から、登校していない旨の電話があったときは、さすがに驚いた。自宅を出た後、どこへ足を運んで、何をして過ごしているのかが気にかかったが、わたしはしばらくの間様子を観察することにした。

数日後、わたしは息子がマンションの屋上で時間をつぶしていたことを本人から聞いた。

自宅を出てからの時間の過ごし方を尋ねてみると、屋上のほかに公園などで過ごしていたという。登校しないのは、授業を受ける意義を感じないからだという返事。もう少し具体的に尋ねてみると、目的もわからないまま、数学の公式や英単語などを丸暗記することが、無意味で味気なく感じられて仕方がないという。たしかに学校の勉強は、断片的な知識を詰め込むものが多い。そして、それが記憶として定着しているかどうかを、試験でチェックする作業の繰り返しだ。

勉強の目的を考えはじめたら、その無味乾燥とした世界に耐えられないかもしれない。そこで知識を身に付けることそのものに目的を見いだすというよりも、試験の点数を上げて得られるメリット、つまりレベルの高い高校へ合格するとか、親から褒美をもらうことが勉強の目的となってしまう。

こうしたことに教員の側が、まったく気づいていないのだからやっかいだ。教師自身が受験を勝ち抜き、大学へ進学して、教員になった人たちだから、生徒を試験で鍛えることが、教師の仕事だと思っているのだ。

自分の意志で学校教育を拒否しているのであるから、登校しなさいと言う必要はなかった。

正直なところわたしは、学校教育にある種の不信感を抱いていた。たとえばわたしたち一家がまだ、鹿児島県の伊集院町に住んでいたころの事であるが、小学校を卒業する娘の卒業式に参加したとき、来賓として出席していたあるひとりの教育関係者がこんなことを言った。

「お母さん方、お父さん方、今日まで子供たちを育ててくれてありがとう」

自分の子供を育てたことに対して、なぜ、他人からお礼を述べられなければならないのか。正直、私はゾッとした。まるで子供は〝お国のもの〟と言わんばかりの態度だったからだ。

## 教師に不信感

わたしが中学校や高校を過ごした時代は、急激に学歴社会が形成されていく時期で、受験生の空しさを歌った「受験生ブルース」などが流行していたが、よく考えてみれば、われわれの世代が教師や親になって、自分が受けた同じ教育を子供たちに押しつけているのである。

息子の不登校は中学二年のときに、一旦は解消したが、高校に入ってから再発した。徹底して登校しないというのではなかったが、学校を休みがちになった。

わたしはPTAの役員をしていたので、会合などで学校へ足を運ぶことがよくあった。それに伴い当然、学校の様子がよく見えてきたが、正直なところわたしは学校教育に疑問を持つようになっていた。たとえば、PTAと教師が会合を開いた後、会食したりカラオケを楽しんだりすることがあるのだが、費用を負担するのはPTAの側だった。

最初わたしは、こうしたルールを知らなかったので、会食の後、割り勘の額が異常に高くついているのに驚いた。隣の席にいた奥さんに尋ねてみると、教員の飲食代も父兄が支払うのだと言う。教員たちの機嫌を害すると、自分たちの子供に対する進学指導や就職指導が手抜きされかねない、という懸念からこうした慣習ができたらしい。もっともこの学校は、いわゆる進学校ではなかったから、学科の勉強については、それほど厳しくなかったが、それでも父兄の中には宴会の場で教員とチークダンスする人までいた。

こうした学校の雰囲気と息子の不登校が、どのように結びついているのか明確にはわからないが、息子は異常な空気を敏感に感じ取ったのだろう。実際わたしも、勘定相手持ちの宴会ではめを外す教師たちの姿を思い出すと、登校するようには言えなくなった。それでも欠席日数が多すぎて、卒業できないのはさすがに息子もこまるだろうと思い、我慢して卒業証書という名の領収書だけはもらっておいでよとアドバイスした。

それにも耐えられないというのであれば、退学も仕方がないが、幸いに息子は、かろうじて卒業だけはして、ゲームの専門学校へ進んだのである。卒業までの期間は、わたしにとっても非常に不安な日々であったが、ひとつだけ自分自身に誓っていたことがあった。繰り返しになるが、それはあくまで息子が自分で将来を決定する権利を保証することだった。なぜならわたしが育った時は、それが保証されていなかったからだ。

## 二　学歴社会

### 筑豊炭田

昭和三十四年、戦後の日本経済にひとつの節目が訪れた。明治時代から日本の経済を支えてきた石炭に代わって、石油が主要なエネルギー源として登場したのである。その影響は、またたく間に全土に広がり、日本から徐々に炭坑が姿を消した。日本を代表する炭坑地帯のひとつである筑豊（福岡県田川郡周辺）では、三万人を超える炭坑労働者が職を失って巷に放りだされ、炭坑の社宅街は貧困に喘いだ。

わたしは昭和二十八年にこの筑豊で生まれた。炭坑が最も栄えていた時期で、住民の大半はなんらかの形で炭坑の仕事に関わっていた。

炭坑という職場には常に命の危険が伴う。実際、坑道の落盤事故で命を落とした人が何人もいた。粉塵を吸い込んで肺を病む人もいた。鉱山や炭坑の労働者の職業病として知られている、じん肺である。石炭や鉱石を採掘する際に発生する粉塵を長年にわたって吸い込んだことが原因で、肺が石のように固まってしまう病気だ。

じん肺になると病状が徐々に進行を続けて、重症になると呼吸困難を起こし、最後は死に至る。肺癌を誘発する恐れがあることも最近の研究で明らかになっているが、いまだに治療法がないらしい。

このように生命に直結する厳しい労働環境が人々にも影響していたのか、概して荒っぽい男達が多く、酒に酔って罵りあっている炭坑労働者の姿を、おぼろげながら記憶している。炭坑の町ならではの特別な空気があった。

ちなみに、わたしの父は炭坑で働いていたのではなくて、自分で学習塾を経営していた。

筑豊炭田が閉山になったのは、わたしが小学校の低学年のころであった。それにともない急激に町が寂れた。

学校の教室で、わたしの前の席に座っていた友達が別れを告げることもなく、夜逃げのように引っ越していったかと思うと、翌日には後ろの席の友達の姿が消えるといった状態であった。急激な早さで過疎化が進んだのである。

街に炭坑の雰囲気を醸し出していた社宅はネズミが住む空き家になり、盛大に行われていた村祭りも、質素で形式だけのものになってしまった。炭坑の操業が止まった筑豊は、太陽を失ったようなものだった。炭坑を中心に人々の生活は回っていたのである。

炭坑労働者たちは、全国の工場地帯や鉱山へ徐々に散らばり、流れていった。特に採掘の技術を持つ炭坑労働者は、鉱山では重宝がられた。石炭産業は衰えたが、鉱物産業は生産規模を拡大しようとしていたのである。

実際、それを象徴するような、興味深い出来事が昭和三十五年に国会を舞台に起こっている。この年に成立したじん肺法の条文に、当時の経済界の意向が象徴的に凝縮されていたのだ。

これはじん肺になった坑内労働者を労災で救済するための法律なのであるが、そこには人間の生命よりも経済繁栄を優先する恐ろしい考えが盛り込まれていたのだ。もちろん法文を読み流したのでは、その背後に隠されているからくりにはなかなか気づかない。じん肺になった坑内労働者に公的な補償を行うための、素晴らしく人道的な法律と勘違いする。

じん肺を発生させないためには、粉塵を体内に吸い込まないことが第一条件となる。そのための措置としては、採掘の際に水をまいて粉塵を発生させないことと、防塵マスクを着用することに尽きる。これらの措置を法律で義務づける。従わないときは行政指導も辞さない。そうすれば、ほぼ完全にじん肺は防止できるのだ。

ところが散水すると、採掘した石の重量が重くなるので、生産性がかなり低下してしまう。また、防塵マスクを着用すると、顔を覆われる不快感から坑内労働者の作業能力が落ちる。

あくまで生産性を高めることを優先したい企業にしてみれば、じん肺に対する予防策を講じるよりも、じん肺になった坑内労働者についてだけは、労災で救済する方が安くつく計算になる。採掘作業をする人々のだれもがじん肺になるとは限らないからだ。

このような損得勘定のもとで法に明記されたのは、じん肺を発生させないための規則ではなくて、じん肺になった坑内労働者を労災で救済するための規則であった。

じん肺法が成立したのは、既に述べたように昭和三十五年、西暦でいえば一九六〇年である。石炭から石油への切り替えも本格化して、日本が高度経済成長のレールの上をばく進しはじめた時期だった。

## アーモンドチョコ

わたしがじん肺法を引き合いに出したのは、単に自分の郷里である筑豊の炭坑町に思いを馳せたからだけではなくて、この法律そのものが戦後日本のあり方を象徴しているような気がしたからだ。

会社のために健康も顧みず身体を犠牲にして働き、それによって自分も出世の階段を駆け上り、家族が栄えるという考え方。あるいは、会社あっての家族という考え方。それは、「お国の為」に命を捧げる決意をして、特攻出撃に踏み切る姿と似ていないか。

さらに重要な点は、高度経済成長路線を揺るぎないものに構築する過程で、学歴社会が形成されていったことである。学歴さえあれば、だれでも一流の企業に就職できて、生涯にわたり生活が保障されるようになると、戦争で貧困の底へ突き落とされた体験を持つわれわれの親の世代は、自分の子供をむち打って、より名声のある学校へ入学させようとやっきになった。

わたしは父親が塾を経営する一方で母親が洋裁学校を経営していたので、教育界と経済界の二つの観点から、戦後の社会が築かれていく様子を、まのあたりに見てきた。

日本の工業化が進むと、男性だけでは労働力が不足するようになり、女性も外で働くようになった。その結果、就職を前提として洋裁学校で手に職をつけようとする女性が急激に増えた。母の洋裁学校も例外ではなかった。

そのうち父母は洋裁学校で技術を教えるよりも、衣服を生産した方が収入が増えると考えたらしく、専門学校を工場に改造した。

この時期にわたしは「豊かさ」を実感した。母の洋裁学校で講師をしていた人が、お歳暮にアーモンドチョコを一ケース（十二箱入り）送ってきたのがその糸口だった。お歳暮に何がほしいかを尋ねられたとき、わたしは「グリコのアーモンドチョコ」と答えた。

せいぜい一箱だけ貰えるものと思っていた。ところがこの人は、アーモンドチョコを一ケース贈ってくれたのである。わたしは満足するまでチョコの甘みを楽しんだ。

物質的に豊かになること。それが経済成長の恩恵であった。戦争を体験した人にしてみれば、まさに夢のような時代が訪れたと錯覚したのではないかと思う。戦後は物資の不足、復員、引揚者の増加などで貧しく、悲惨だっただけに、その反動で新しい時代に酔いしれたのだ。

それが〝会社信仰〟を生み出し、学歴社会への道を開いたのである。戦争で青春を台無しにされたわれわれの親の世代が、自分の子供にだけは、学歴という企業社会へのパスポートを手に入れさせ、有名な会社に就職させてやりたいと考えるようになると、破竹の勢いで日本中に塾が広がった。

わたしの父が経営する塾も、生徒の数がどんどん増えていき、三つの場所に教室を開設するようになった。さすがに都会の塾のように、日の丸の鉢巻きを生徒に締めさせて、朝から晩まで受験のための特訓をするようなことはなかったが、それでも一日に何時間も授業が組まれた。あちこちにやたらと塾が開設されていたが、それでも生徒が減ることはなかった。

わたしは父が経営する塾へ通っていたのだが、そこでは連日のように試験が繰り返された。学校でも毎日のように試験が行われた。漢字の書き取りとか、英単語のスペルとか、歴史の年表埋めとか、暗記する力さえ優れていれば満点が取れるテストが繰り返された。

頭の中は常に試験のことでいっぱいだったが、大人になるまでは、それが当たり前だと考え、疑問を差し挟む余地などどこにもなかった。

## 繁栄の幻想

福岡の短大を卒業した後、わたしは保育士として働き始めた。その頃には日本はすっかり経済大国に変貌していた。福岡市にもマクドナルドやケンタッキー・フライドチキンなど米国資本の食品産業が進出していた。

しかし、この頃から経済成長を最優先した政策の歪みが、水面下で生じはじめていた。わたしの周りにも会社で働き詰めの人がかなりいた。話は少し後の時代になるが、エレベーターを管理する会社で働いているAさんという夫を持つ知人が、こんな話をしたことがあった。エレベーターの故障が起こるたびに、Aさんは昼夜も休日も関係なく、会社に呼び出されて修理作業をさせられたという。自宅にもほとんどいない。朝は早く自宅を出て、夜中に戻るので子供とコミュニケーションを取る時間もない。それが原因で家庭が崩壊しそうだというのであった。

わたしが現在の夫と知り合って結婚したのは、こうした時期であった。福岡市から鹿児島市へ引っ越し、さらに数年後、鹿児島市の郊外に位置する伊集院町へ引っ越した。首都圏に比べると、ずいぶん静かな田舎町であるが、ここでも企業を中心とした社会の歪みがあった。それを象徴するのが「ミグラントの会」の存在であった。

この会は他県から鹿児島県へ赴任した企業戦士の奥さんたちが結成したもので、一カ月に一回ぐらいの割合で、ホテルのレストランなどで食事会を開いて、子育てなど、日頃の悩みを語り合ったりする。最初は数人ではじめたのが、テレビで紹介されてから、会員数が膨れあがった。

この会に参加して、わたしは多くの主婦が子育ての負担を一人で背負い込んでいるのを知った。むろんわたしの場合も例外ではなかった。夫は帰宅が遅くなるので、子供の教育にタッチするどころではない。この時代の、それは常識だった。

早めに帰宅しようとすると同僚の目が痛い。つきあい酒というものもある。

「おれの酒が飲めないのか?」

以前の職場の話であるが、実際に夫がそんな目に遭うまでは、このせりふは何かの冗談なのではないかと思っていた。断ると会社での人間関係が悪くなるので、勤務時間が終わっても、夜遅くまで居酒屋などを飲み歩くことになる。そのうちに夫は目に見えて元気をなくしていった。プライベートのない会社に、うんざりしている様子だった。

もっともこうした状況は、会社だけが原因ではなくて、その土地柄も影響していたのかもしれない。いわゆる〝男社会〟で上下関係などについてはかなり厳格な土地柄だったと思う。よくいえば身内のように連帯意識が強くて、隣の家がちゃんと食べているかまで心配になる。その反面、よそ者を排除する傾向がある。だから会社で酒を誘われて、断ったりすれば、転勤経験のある夫の人間関係は一層悪くなってしまう。

この町で夫はずいぶん嫌な思いをしたのではないかと思うが、考えてみれば、こうした会社での人間関係は、これほど極端ではないにしろ、高度経済成長の時代、全国的にもひとつの傾向としてあったのではないかと思う。旧日本軍の名残といえば、誇張になるだろうか。

思えばあのころ、あの町での特殊な空気は、子供の生活にもささやかながら明白な影響を及ぼしていた。たとえば息子は小学校に入学してから、それまでとは打って変わって塞ぎ込む日が多くなったのだが、その原因はわたしも予想しないところにあったようだ。

息子はよく友達を家に連れてきていた。わたしはおやつを出してもてなしながら、小さい仲間同士の楽しそうな話し声を隣の部屋で聞きつつ、心楽しい気分に浸っていたものである。

ところが、息子が友達の家に遊びに行っても、家の中にすら入れてもらえないことが珍しくない。両親が働きに出ている家庭では、他人を勝手に家に上げないように言われているからではないかと、最初は思った。共働きという事情を、小学校に入学したばかりの息子が理解できるかどうかわからない。自分は友人に好意を示しているのに、友人からは常に疎外されているような印象を受けていたかもしれない。友人になじんで来れば事情は変わるだろうと思っていたが、その様子もなかった。もしかしたら、友達のうちに上がりこんでいて、疲れて帰ってきたそのうちの家族に冷たい態度をとられたこともあったのではないか。排他的な親たちの空気が、子供たちにも影を投げかけていたのだろうか。今となってはわからない。

そしてあることをきっかけとして、今度はわたし自身が他人の子供に接することが恐くなった。一人の子供が溝に転落して死亡する事故が起きて、その子を預かっていた大人が監督責任を問われたというテレビニュースを聞いた。明日はわが身。わたしは他人の子供にはあまりかまわない方がいいのではないかと考えるようになった。災難がふりかかったとき、自分では負い切れないような責任を背負っていたくはなかった。

わたしが筑豊で幼時を過ごしたころは、地域社会の人々が協力して子供たちの面倒を見るのが当たり前で、家と家の境界があいまいだったが、時代は明らかに変わっていた。わたしはこの事故のニュースを通じて、それを感じたのである。

家に連れてくる友達にあまり取り合わなくなったわたしに対して、息子は不満だったのか、あるとき、こんなことを口にした。

「お母さんは、嘘つきだ」

子供ならではの単純な告発に、わたしは頭を殴られたような衝撃を受けた。

実際、わたしは友達は人生で最も大切なものだと、口をすっぱくして子供たちに言い聞かせてきた。同じわたしが、目の前にいる息子の友達に対して冷淡な態度をとったことで、息子は裏切られたような気持ちを抱いたのだろう。

さらにこまったことに、学年が進むにつれて、塾が盛んになり、息子の遊び仲間が次第に減っていった。息子は塾に通わないために、友達から孤立するという奇妙な状況が生まれたのだ。

わたしには、自分の娘や息子を塾へ通わせることについて、はっきり口に出せない嫌悪感のようなものがあった。もちろん本人が望むのであれば、通わせることに異存はない。だが自分の父親が塾で教えていた関係で、いわゆる「塾経営」の実もふたもない状況を知りすぎてしまっていた。実際あの当時、教育的な成果を得るのなら学校で熱心に勉強した方が効果があるように思えたのだ。

それに、生徒が学科を理解するまで教えるのは、学校の先生の任務ではないかという気持ちもあった。塾に生徒を奪われて、なんとも感じないこと自体がどうかしているんじゃないか。

能力や個性を伸ばすという教育本来の目的が曖昧になり、学校が企業社会への入口で、人を選別するための機関になってしまった結果であった。勉強のわからない子供がどんな思いで通学しているのかといったことに神経を使う教師は、むしろ少数派になってしまったのである。

## 三　全体主義の亡霊

### 「あの社長のためなら——」

戦争体験を持つ実業家が、戦後の日本人の意識を旧日本軍と比較して、次のように説明するのを聞いたことがある。

「軍隊と同じ考え方が戦後の企業に持ち込まれたのは間違いありません。軍隊では突撃するときに、まず、将校が先頭に立って飛び出します。すると部下たちが一斉に、将校を追い越して前に出ます。企業でも同じで、まずリーダーが見本を示して、部下たちがそれに従うわけです。こうしたことを可能にするには、上に立つ者は普段から部下の面倒を見なくてはなりません。実際、結婚の相手を世話するなどして、部下のことを親身になって考えていたわけです。ですから高度経済成長の時代には、『社長のためなら死んでもいい』と考えている猛烈社員がたくさんいました。旧日本軍の精神が戦後に生き残ったからこそ、日本は奇跡的な経済成長を成し遂げることができたわけです」

会社のために、個人が「泥をかぶる」という日本独特の考えも、ピラミッド型に構成された社会が産み落としたものに違いなかった。

実際、日本を代表する大企業に、旧日本軍の一人の参謀が抜擢されて経営に辣腕を振るった話は有名だ。軍隊の規律管理に類似した経営が企業の中に持ち込まれたひとつの例である。

だから、戦前の軍隊の規律管理がどのようなものであったかを知れば、戦後の企業社会の根底に流れているものを掴むことができる。

ドイツなどはナチスの戦争犯罪を徹底的に検証して、ナチスの犯罪を正当化する活動が違法行為であることが法律でも定められた。こうして過去に決別して、民主主義の道を歩み始めたのである。

翻って日本の場合は、昭和二十年八月十五日の敗戦により、戦前と戦後の境界線が引かれたとはいえ、それは歴史教科書の上でのことであって、即座に全体主義の影響を払拭することはできなかった。特に職業軍人の多くは戦争を反省するどころか、過去の信念を消さないままに、各組織の幹部として堂々と蘇ったのである。

## 老作家

戦前の全体主義とはなんであったかを、わたしに教えてくれたのは、鹿児島県の伊集院町に住んでいたときに偶然に知り合った一人の老作家であった。

ある日、わたしは知人の薦めで、ある絵本作家の作品展に足を運んだ。上品な雰囲気のその人は、やわらかな口調で、言った。

「絵本作家になりたいという人は、あなたですか」

わたしは絵本作家になりたいと話したことはなかった。昔から小説が好きだったの

で、作家になりたいともらしたのを、知人が絵本作家と取り違え、そのまま口外したのではないかと思う。そこでわたしは、

「いいえ、わたしがなりたいのは、小説家です」

と、言った。

「小説家ですか。それなら小説家の先生を紹介してあげましょう。たまたま会場に来ておられますから」

こうして紹介してもらったのが、夏目漠先生であった。すでに奥さんに先立たれて、独り身になっておられたと後で知った。その、お年なりの顔には、温厚な笑みが浮かんでいた。驚いたことに夏目先生は、初対面のわたしを疑うでもなく、歓迎してくださった。わたしの執筆実績など確かめないままに、わけへだてなく遇してくださった。これが夏目先生とわたしとの長のおつきあいの始まりである。今にして思えば、小説家の優しさとは、そんなものなのかもしれない。

恥ずかしながらわたしは、夏目先生がどのような経歴の持ち主なのかすら知らなか

った。しかし、この偶然の出会いによって、わたしは太平洋戦争や全体主義について考えるようになり、それらが戦後の社会にも生き残っていることを知ったのである。

後に知ったことだが、夏目先生みずからも戦争で心に深い傷を負った人であった。夏目先生は東京帝大を卒業したあと、当時の外務省の官僚になった。軍関連の仕事で、台湾やベトナムへ渡って現地の住民から日本軍の傭兵を召集することが先生に課せられた任務であった。海外での日本軍の戦闘を有利に進めるためには、地理に詳しい現地の住民を身方につける必要があった。

そこで半ば強制的に、現地の屈強そうな若者を日本軍に加えたのである。夏目先生は、台湾のタカオ族の男性たちを徴兵した体験もある、とも話されていた。

しかし、夏目先生は自分の戦争体験を、昔を懐かしみながら誇り高々に話されたのではなかった。わたしが伊集院町からほど近いところにある吹上温泉・みどり荘に出入りするようになって、特攻隊を文学のテーマにするようになると、おそらくはわたしの参考になればと考えて、自分の戦争体験を話してくださったのである。その中で、何度も「アジアの人々に申し訳ないことをした」と、繰り返された。それが心から悔いている様子だったのを記憶している。

現地の若者を日本軍の軍籍に入れるということは、彼らが自国の人々に銃を向けるように強制することを意味する。日本軍が台湾の住民に銃を突きつけるのであれば、少なくとも戦争のひとつの場面として受け止めることができるが、日本軍に強制されて、台湾の若者が台湾の人々に銃を向けるとすれば、極めて不幸な事態だ。

夏目先生はみずからが属する日本軍に不信感を抱いていた。軍の施設の中にある酒場で酒を飲んでいるとき、先生のもとに一通の訃報が届いた。父君の急死を知らせるものだった。

夏目先生は腰を上げて酒場から外へ出ると、無念の思いで夜空を仰いだ。そのとき、従軍慰安婦が囲われている棟から、二人の日本兵が出てきて、酒場の方へ近づいてきた。父親の死で悲しみにくれていた先生に、慰安婦の存在そのものが不謹慎に感じられたらしい。酔いも手伝って、先生は二人の兵士を「恥知らず」と嘲笑した。

逆上した兵士は夏目先生に襲いかかった。目の前が真っ暗になった。

この出来事でさらに、夏目先生は、軍隊に対して不信感を抱くようになったのだが、もちろん軍隊をあからさまに批判することはなかった。複雑な想いを胸の内に秘めて、戦争が終わるのを待ったのである。

あるとき、夏目先生は、後ろ手に縛られて川に流されている数人の朝鮮人を、船の上から目撃されたことがあった。しかし、溺れかけている朝鮮人たちを救助することは許されなかった。民間人であっても、敵国民を救助することは足並みを乱す行為と取られかねなかった。

このときの光景が、後々まで夏目先生の脳裏に焼き付いて、戦後もその夢を見ることがあったそうだ。

従軍慰安婦の問題が日本でクローズアップされるようになったのは、平成に入ってからであるが、夏目先生はそれよりも遥かに早い時期に、同人誌で取り上げている。しかし、寄稿者たちの反応は非常に冷ややかなものであったそうだ。なかには夏目先生のことを非国民のように非難する寄稿者もいたらしい。戦争が終わっても、戦時の価値観をそのまま引きずっている人は、後を絶たなかった。そのことを夏目先生は嘆かれているようだった。

考えてみれば、慰安婦を従軍させるという女性国際戦犯法廷でも有罪になった組織的な性犯罪が、平成になるまで隠されていたこと自体、おかしなことだ。もし、被害者が声を上げなければ、こうした事実があったことも歴史のページから永遠に抹殺されていたに違いない。

事実を検証しないまま、戦後、民主主義の制度だけを導入したのだから、制度は新しくなっても、中味はあまり変わらなかったのである。集団になったとき、自分を見失ってしまい、判断力をなくす国民性。その典型が日本の軍隊だったのではないだろうか。

ちなみに夏目先生は戦後、鹿児島市の文化センターの館長をしながら文学の道へ入られた。ご自宅が夫の会社の近くだったこともあって、わたしたち一家は、休みの日などに先生の家をよく訪問した。家族ぐるみでおつきあいをさせていただいたのである。

先生は一人暮らしだった。こぢんまりとした家の中は、どの部屋も本で溢れていた。わたしの娘と息子も先生には、随分かわいがってもらった。ある夏の日、先生はわたしの二人の子供を庭に連れ出し、太陽に向かってホースで水を放ち、虹を作ってみせた。明るい夏の光の中に、かすかな七色が浮かび上がると、子供たちは歓声を上げた。

「きれいだろう」

夏目先生は、息子と娘を交互に見くらべた。先生の顔もなごんでいた。

それを見ながらわたしは、先生は子供の笑顔を見ながら平和を噛みしめておられるのではないかと思った。

# 護南部隊

伊集院町から車で三十分ほどの所にある吹上温泉・みどり荘を訪れるようになったのも、夏目先生と知り合いになってからだった。みどり荘は太平洋戦争の末期に、沖縄からの北上が予測された米軍の上陸を食い止めるために、護南部隊と呼ばれる防衛隊の本部が置かれていた旅館であった。また、出撃を前にした特攻隊員の最後の宿としても使われていた。

戦前の全体主義とはなんであったのかという、いささかスケールの大きな問題を考えるとき、夏目先生の体験談だけではなくて、護南部隊や特攻隊にも言及せざるを得ない。

このうち特攻隊については、『沈黙の四十年』ですでに書いたので、ここでは触れずに護南部隊について述べてみたい。

太平洋戦争というと、とかく日本軍から攻撃を受けた東南アジアの人々の被害に関心が向きがちだが、実は加害者である日本兵も戦争の犠牲者にほかならない。そのことをわたしは、護南部隊について調査する中で確信するようになった。

薩摩半島の戦況について詳しい人々から聞いた話によると、この地域に投入された八万の兵士は、ゲリラ戦に備えてあちこちの山中に配置されたそうだ。そのために住民の目に触れることは少なかったが、飢え死に寸前になった兵士が、山の中から麓の民家に食糧を乞いに下りてくることも珍しくなかったという。身体を洗うために川や池に下りてくる者もいた。

敗戦の間際だったので、戦闘服も支給できなくなっていたのか、素っ裸の兵士もいたらしい。ベルトの代わりに縄を腰に巻いて、日本刀の代わりに竹刀をさしている兵士を見たという証言もある。

竹槍で米軍を駆逐せよと呼びかけていた時代だから、現在の感覚からすれば信じがたいが、これも歴史の事実なのだから隠しようがない。それがいかに滑稽なことであるかすら、当時はだれも気がつかなかった。反英米のスローガンの下で、だれもが同じ方向へ歩かされ、仮に戦争に反対すれば、非国民として社会から抹殺された。

が、全体主義の呆れたところはこれだけではなかった。たとえば昭和十六年に、当時の政府は人口政策確立要綱を決定して、結婚の早期化と出産を奨励するようになっている。「産めよ、増やせよ」を掛け声に、人口を増やすことを国策として採用したのである。戦争に兵士が必要だったからだ。一人の人間が生まれ、成長し、兵士となる短くはないその時間。そんなにも長い間、当時の政府は戦争を続けるつもりだったのか。「今はだめでも次のときは」、そういう長期的見通しすらも許されなかったはずだ。それほど戦争は、人間をおかしくしてしまうのだ。

と同時に、当時の政府には、女性は将来の兵士を生む道具という意識しかなかったことがわかる。この点については、平成の今になっても、女性は人口を調節する直接的道具との認識を、「少子化対策」などの言葉から感じ取ることがあるのだが。

戦争犯罪は、その思想的な誤りをも含めて、完全に検証しなければならないものだ。ドイツやイタリアはそれをやった。ところが日本はそれをしなかった。「臭いものには蓋をしてしまえ」という考えに基づいて、曖昧に誤魔化してしまったのである。

その結果、戦前の亡霊が高度経済成長下の企業で、いとも簡単に蘇った。会社のためには命も惜しまない猛烈な企業戦士、命令には従順に従う企業戦士、自分の主張をひかえる企業戦士などが次々と産み出されていったのである。

人によっては、目上の人に対する忠誠心を日本人に特有のDNAとして解釈する人がいるが、わたしは国策によってはじめて作られたものだと考えている。そのことは、太平洋戦争下での極端に偏向した教育や、典型的な縦社会の構造をもっていた旧日本軍の実態を見るだけで明らかではないだろうか。

## 従順な人間

戦後の日本式の経営が、学校教育に大きな影響を及ぼしたことはいうまでもない。企業に歓迎される人づくりが、小学校や中学校の段階から進むことになる。

命令に忠実に従う人間を養成することが学校教育の目的になり、逆に物事に疑問を差し挟むような人間は集団から弾き出されるようになった。戦前と同じように、教育現場から価値観の統一が進んでいったのである。

それは政策の上でも明確に現れている。たとえば、昭和四十一年に中央教育審議会の特別委員会は、「期待される人間像」と題する教育方針に関する答申案を発表した。

誰が何を期待するのか、判然としない奇妙な表現であるが、答申案の内容を読むと、「企業によって期待される、従順な人間像」ということになる。答申案の作成者には、諸井貫一（秩父セメント社長）、出光佐三（出光興産社長）、松下幸之助（松下電器会長）などの財界人が名を連ねていた。

「期待される人間像」の答申案が発表された昭和四十一年は、終戦から二十一年目にあたる。驚くべきことに、この答申案の中で、太平洋戦争を反省するどころか、戦中の全体主義を擁護するかのような内容が盛り込まれていたのである。

敗戦の悲惨な事実は、過去の日本および日本のあり方がことごとく誤ったものであったかのような錯覚を起こさせ、日本の歴史および日本人の国民性を無視する結果を招いた。

この書面で明らかなように、答申案の作成者たちは、戦前の社会を懐かしんでいるのだ。

実際、日本企業は戦前の天皇を頂点とした社会をモデルとして、会社組織を築いていったのである。いわゆる上司の命令には絶対に服従し、その見返りとして、家族的な人間関係を基に生涯にわたって生活が保障される。これこそが答申案で謳っている「日本人の国民性」である。しかし、こうした国家主義的な思想が結果的に人々を戦争に導いた事実を検証してから戦後を出発していれば、こんな答申案は出てくるはずがなかった。

たしかに日本は世界でも有数の経済大国にはなった。しかし、それは国民全体の生活が豊かになったということではなかった。犬を飼ってみずからが上流階級になったような錯覚に陥ったり、欧米の水準と比較して極端に狭いマンションに住んだり、過労死が「カロウシ」という言葉で国際語になったり、欧米では立ち入り禁止になるダイオキシン汚染土の上に住宅が建っていたり、とにかく社会の底辺には矛盾した事柄が山積している。

その中でも、特に歪んだのが学校教育ではなかったか。点数により人間性までを判断する誤った価値観が浸透したことは、誰の目にも明らかだ。教師たちは生徒に列をつくらせ、順々に同じ歩調で歩ませる管理人となった。もちろん、良心的な教師もいるにはちがいない。ただ、そういった教師はすべてにおいて、集団主義がまかりとおるこの世の中で、変節もしくは職務放棄を強いられたのではないか。

こうした体質がエスカレートすると、学校が父兄に対してゆきすぎた「教育指導」に乗り出すという事態にもなりかねない。実際、わたしの娘が小学校の四年生のとき、集団というものの「聞く耳をもたない」体質を顕著にあらわす出来事があった。

小学校への通学路にあたる国道には、ガードレールもなければ信号もなかった。しかも交通量が多いので、危険極まりない。そこで父兄の中には、車で子供を送り迎えする人が次々と現れた。そのことの是非はさておき、学校側はなんの説明もしないまま、それを一方的に禁止したのである。

そこで父兄の側が動いた。ガードレールや信号などを設けて安全が確保されるまでは、車での送り迎えを認めるように署名活動を始めたのである。騒ぎが大きくなってやっと、学校側は説明会を開いたのであるが、父兄を丸め込んでしまっただけで、結局はなんの解決にもならなかった。

児童が危険にさらされているのであれば、行政と交渉しなければならないが、事を荒立てたくないのか、教員たちは問題にピリオドを打ってしまったのだ。教育委員会の承認も得ないで、自分たちだけでルールを変えることに抵抗があったのではないかと思う。目の前で起きているとりかえしのつかない現実から出発して考えることが、いや、行動することが彼らにはできなかった。制度は人が作るものかもしれないが、一旦できあがると、人や環境の変化に制度はついていけない。それをまったく無視しているのだ。

埼玉県に引っ越して数年後、夏目先生が他界された。鹿児島市の友人が電話でそれを知らせてくれ、『南日本新聞』に掲載された訃報も送ってくれた。

時代はすでに昭和から平成に入って、太平洋戦争の記憶が遠のきはじめていた。夏目先生も戦争で負った心の傷を引きずりながら、戦後を歩いた一人であるが、日本全体が羊の群れのように同じ方向へ走っていくのを、さぞもどかしい思いで直視されていたのではないかと思う。恐らくは文学者の視線で、現代の中に戦前の名残を見られていたのではないか。

ふと、わたしは、没個性化された日本の社会の中で、わたしの息子が不登校を体験したことを夏目先生が知ったなら、どんな言葉をかけてくださっただろうかと思った。

## 四　新しい世代

### 机上の空論から離れて

息子の友達が誘い合って、年に何度かわが家に泊まりに来るのが恒例になっている。小学生のころから続いていることで、夜どおし、おしゃべりしながら、近況や将来の夢を語り合う。

息子が不登校になっていた時期も、仲間同士のコミュニケーションだけは絶えることがなかったので、母親のわたしとしては安心できた。自分の気持ちを打ち明けられる友達がいれば、遅かれ早かれなんらかのかたちで、解決の糸口を掴むのではないかと考えていた。

わたしも含めて、高度経済成長の時代に学校教育を受けた世代は、試験漬けにされた弊害なのか、概して試験の点数ですべてを判断する癖がこびり付いている。試験の点数がよければ、人格までも優れているかのような誤った先入観を植え付けられている。

そのために自分が親になったときに、同じような価値観で子供を見る傾向がある。当然、今度は自分の子供を塾通いさせる。実際、息子の友達の中には、本人があまり望んでいないのに、塾へ通うように強要されている子もいる。親は時代が変わっていることに気づいていないという。

しかし、塾で猛烈に勉強させるとはいえ、そこで行われていることは、断片的な知識を詰め込み、試験でそれが定着しているかどうかを問うているに過ぎない。基本的な思考力を鍛えるものではない。たとえば試験で、「太平洋戦争で日本が降伏したのは、何年ですか?」というような設問が出される。答えは昭和二十年であるが、この答えの中には、単純な昭和二十年という数字だけで、特攻隊の生き残りの人が、それからずっと余生と言っても過言でない人生を送ったこと、今にも体当たり攻撃しそうな友軍機を細心の注意を払って誘導したことなどは含まれていない。

ところが、現在の教育的観点では「昭和二十年」の回答のみが重要に見える。ポツダム宣言という言葉を知識として暗記していることが、学力と勘違いされる。ほとんどの教師は、そして生徒も、その点に疑いを持っていない。知識を詰め込むこと、飲み込むことが教育の機能だと考えているのである。

その結果、学校や塾の教師の中には早期英才教育の信仰者になり、小学校の低学年から断片的な知識の詰め込みを奨励する人が少なくない。父兄のほうも単純に置いていかれたくないものだから、せっせと詰め込み行動に走るのだ。

しかしである。最近の発達心理学は、こうした早期英才教育に警鐘を鳴らしているのだ。その根拠になっているのは、知力の発達が実生活に結合した人間関係の中で促進されるという考え方だ。この考えの正しさをわたしは、保育士としての自分の体験を通じて確信した。

たとえば新しい園児がやってくる。その子は、遊戯室で遊んでいる園児たちの群れの外に立って、どうやればみんなの輪の中に入れるのかしばらく観察する。視線をあちこちに移動させて、優しそうな子を見つけると近づいていく。そしてその子と一緒に集団の中に入っていく。これら一連の過程が本当の意味での学習である。自分で集団に入る方法を模索する中で、この園児の知力は発達していくのだ。

こうした原理は幼児だけではなくて、小学生や中学生についても当てはまる。人間同士のコミュニケーションを図って感動したり、怒ったりするなかで、知力は発達していくのだ。だからこそ学校というさまざまな人間が集まる場が大切なのだ。その見地からすれば、机に座って暗記にはげむだけの学校は、学校の機能を果たしていないとすらいえるのだ。なのにそれどころか、最近試験の点数に応じたクラス編成を主張する教師も多いと聞く。

実生活と切り離した状況の中で、知識だけ詰め込んでも、それは使いものにはならない。いくら英単語だけ暗記しても、永遠に会話ができないのと同じことだ。知識というものは実生活との結合の中で定着するのだ。

日本は点数信仰がいまだに根強く、非科学的な点数信仰だけで、子供を同じ方向へ引っ張っていく。その異常さにほとんどの教師が気づかない。教師と言って悪ければ、教育制度が気づかない。わたしはここにも、全体主義の亡霊をみるような気がして仕方がないのだが。

## 可能性の発見

しかし幸いにも、わたしたちには自主的に学ぶ機会が残されている。事実、息子たちの世代は、物の考え方が親の世代とは明らかに異なっている。現代の教育や社会に、違和感を抱いている者が多い。その意味では、社会も人間も少しずつ進歩しているともいえよう。

たとえば今の若い人は、親の思惑とは違って、会社や学歴にぶら下がって生きていこうという考えがあまりない。日本の終身雇用制度が崩壊したということもその背景にあるだろうが、同時に個性的な人生を送ることが幸福への道だと、考えているらしい。息子の友達に接する中で、わたしはそのことを痛切に感じている。

改めていうまでもなく、終身雇用制度を崩壊させた大きな要因は、ビジネスの国際化である。経済活動に国境がなくなり企業相互の競争が国際化されたときに、必要になるのは実際に仕事をする能力である。年齢や性別に関係なく、能力がある人材を確保しなければ国際競争に勝ち抜けなくなる。

この時代にOA機器の操作すらおぼつかなく、電話は取り次がせるものとばかりに座ったままの〝デスクワーカー〟では、国際競争の戦力になるどころか足手まといになる。終身雇用制が崩れた理由は、この一点に集約できるだろう。

今後は、男女による雇用差別もなくさざるを得なくなるだろう。不平等な雇用制度を続けていれば、優秀な人材を確保できなくなり、長い目でみれば会社が損をする。経営者の心掛けがよくなったから終身雇用制度を廃止したり、仕事の機会を年齢や性別に関係なく提供するようになったのではない。国際競争の中で日本的な経営から脱却しなければ、競争に負けるのだ。

従来の日本的な経営では、企業は生き残ることができない。かつては集団になって同じ方向へ走っていれば安全だった。ビジネスの市場が国際化されていなかったから、日本的な経営でも十分に対処できた。ところが状況は変化している。

現在のビジネスマンは組織にそれほど縛られない自由が保障されると同時に、個々の実績と責任が問われるようになってきた。一見すると厳しい制度のようにも思えるが、人脈や派閥だけで物事が動いていた時代に比べると、遥かに開放的といえよう。日本は戦中の全体主義の影響が五十年以上にわたって尾を引き、ようやく新しい段階に入ったところである。

こんなふうに考えると、社会というものは、徐々にではあるが、より自由な方向へ動いていることも確かだ。それをもっとも敏感に感じ取っているのが、息子たちの世代ではないかと思う。傍目から見るぶんには頼りないところもあるが、中には社会や人間について、深い洞察力で観察している者もいる。

息子が不登校を自分で決めたことは、既に述べたが、今や不登校者は小学生と中学生を合わせると相当数にも上っている。もちろん深刻な精神的要因から登校しない生徒がいることも事実であるが、不登校者の中には普通の学校とは別のフリースクールで勉強している生徒も多いところをみると、彼らも自分なりにどう生きるべきかを考えているのではないだろうか。

不登校の生徒のかなりが、問題が山積する現代の学校教育に違和感を感じているのではないかと思う。感性が鋭い生徒になればなるほど、断片的な知識だけを詰め込む学校教育が受け入れられないのではないだろうか。

過激な意見かもしれないが、学級崩壊も生徒たちの違和感のひとつの表明方法なのではないか。こんなふうに考えていくと、若い世代の中でも、一見、反社会的と見なされている者こそ行動力に優れていると言えなくもない。そこまで大胆な行動をとれない子供、プチ家出がせいぜいの子供も、やはり何かを感じ取っていることには変わりないのだ。子供の中に潜んでいる可能性を発見してそれを伸ばすのが本来の教育であるはずだが、現在の学校では試験の点数が悪い生徒はまったく浮かばれない。容赦なく切り捨てられていく。

これから先、ますます国際化していく日本にとって、点数信仰に基づいた選別教育の持続がいかに大きな損失をもたらすのか。繰り返し叫ばれているこの問題を、そろそろ新聞の見出しや会議の議題としてでなく、わがこととして感じとってゆく頃合だ。基本的な思考力がなければ、企業競争にも勝ち残れない。世の中に、詰め込まなければならない知識は、それはあるだろう。だが詰め込むという行動は、集団主義とこのうえなく相性がいいのだ。

日本の旧軍部は太平洋戦争を準備する過程で、言論の自由をどんどん抹殺していった。そして明治の自由民権運動や大正デモクラシーによって、せっかく育ちはじめていた民主主義の芽を、軍靴で完全に踏みつぶしてしまった。日本人の思考形態が、現代も全体主義の傾向を帯びているのも、こうした歴史上の政策に原因があるのではないだろうか。

太平洋戦争が日本人の精神構造の形成にいかに大きな損失を及ぼしたかを、一度検証してみる必要があると、わたしは思う。戦争が破壊したのは、国土だけではない。自由闊達な精神も壊したのだ。

たとえば明治文学の代表作に夏目漱石の『坊ちゃん』があるが、ヨーロッパの進んだ社会を見た漱石の目に、日本の学校教育が滑稽に映ったからこそ、その反面教師として坊ちゃんという主人公が創造できたのではないだろうか。漱石ら当時の知識人は、明治社会の権威主義的な側面をすでに見抜いていたのだ。実際、日本の社会はそれを是正するかのように、急激に欧米へ近づいていくことになる。

ところが昭和に入り治安維持法が成立し、軍部が台頭して自由な雰囲気が根こそぎにされ、全体主義が浸透していく。戦争の準備であった。そして開戦。国家総動員法によって、民間人までが銃後で戦争に協力させられた。

それを可能にした思想の柱が、戦後もかたちをかえて生き残った。と、いうよりも戦争犯罪の検証を避けることで、故意に残した。

誤解を恐れずに言えば、現在の学校は設備だけは近代化されていったが、管理主義に徹した教育から抜けきれないところなどは、明治からそれほど変わっていないのではないかと思う。まだ、明治の方が自由だったかもしれない。

わたしたちは「赤シャツ」や「狸」に腹をかかえて笑う。だがあたりを見まわしてみると、彼らの亡霊が、彼らほどの茶目っ気もなく、ごろごろ存在しているではないか。思うに戦争がせっかく日本に生まれはじめていた民主主義や自由の芽を消し去ってしまったのだ。なにもかもむちゃくちゃにぶち壊してしまったのである。

日本は戦争に負けて、米国から民主主義を学んだのだから、結果的に見れば「災いを転じて福とした」という考え方の人がよくいるが、あまりといえば楽観的な話である。長い歴史の中で太平洋戦争の弊害を検証するとき、健全な社会の発達をさまたげる大きな障害となって、後々まで日本人の精神構造に影響を与えていることを忘れてはならない。終戦からまもなく六十年になるというのに、いまだにその影響が完全に払拭されていないのである。

## 新しい世代

戦争について考えるとき、平成十五年は特別な意味を持つ年となった。海外では、米英軍によるイラク攻撃が強行された。これに先だって、国連はイラクの大量破壊兵器の有無を査察する作業を続けていた。そして数カ月でイラクの問題は平和的に解決できるだろうという見通しを明らかにした。

ところがどういうわけか、米英は査察の継続を中止して、武力行使すべきだという決議案を国連安保理に提出した。

しかし、それに賛成する国は数十カ国だけで、武力行使に反対する世界の多数の国々との溝が深まってしまった。武力行使は既定方針であったためブッシュ大統領は、強引にイラク攻撃に踏み切ったのである。

この戦争は一カ月後に終了した。短い戦争だったが、きっと後世まで語られる戦争になると思う。ブッシュのやみくもな理屈、腹の探り合いばかりの周囲の国々、確実に荒らされる「仮想敵国」の国土。国際社会の奇妙さ、人間の進歩と後退について、極めて無駄のない考察を促す大事件である。

イラク戦争がはじまる前から、世界はいうまでもなく、日本でもかなり大規模な戦争に反対する動きがあった。メディアは反戦の動きを、二月になるまで大々的には報道しなかったが、ミニコミやインターネットでは、かなり詳しく報じられた。

それを見ながら、わたしは改めて遅まきながら、日本も少しずつ変わりはじめているのに気づいた。世界との距離は縮まっていて、欧米の反戦デモのスタイルが日本にも持ち込まれた。

たとえば、戦争をはじめようとしている政治家の仮面をかぶって行進している人がいた。化け物のイラストが入ったミサイルを形どった帽子をかぶって歩いている人もいた。ひとそれぞれが独自のスタイルで戦争に対する〝NO〟を表明したのである。

わたしは、息子にこの戦争についてどう思うか尋ねてみた。彼は言った。

「ブッシュ大統領が戦争の最前線へ行くべきだ。そうすれば、戦争はやってはいけないものだとわかるのではないか」

幼い意見と言えば、確かにそうだ。だがひとしく戦争を嫌う市民の本音は、ここに尽きるのではなかろうか。戦争を一人の人間の立場から見る、完全な個人主義。わたしたちが持てる、たったひとつの武器である。

反戦運動といえば、ベトナム戦争の時代にも頻繁にデモが行われた。わたしが高校生の時代で、同じ学校の男子生徒の中にはデモに参加する者もいた。わたしはどちらかといえば、冷ややかな目で当時の反戦運動を見ていた。火炎瓶を投げたり、ヘルメットをかぶってゲバ棒を振り回すことと、平和運動がどうしても結びつかなかったことを記憶している。いわばストレスを発散している野次馬の群れとしか感じられなかったのだ。

それに演説をする時の、「我々はぁーーー、断固としてぇーーー、」という語尾を延ばす奇妙な話し方も好きにはなれなかった。

当時の反戦運動は、群集心理にあやかった様相が強かったのではないかと思う。その大半は学生だったが、群れになって同じ方向へ進むというだけで、個人の主体性などはほとんど無かったのではないかと思う。

不思議なことに彼らは、一旦、企業に就職すると、手の平を返したように従順になった。なかには大学の解体を主張していた人もいたはずだが、いざ、自分の子供が生まれると、そのほとんどが過去を忘れ去り、受験戦争へと子供を駆り立てたのだから、無責任というほかない。

これに対して現代の反戦運動に参加している若い人々は、群集心理によって動かされているというよりも、一個人として素直に反戦を唱えているように思える。だからデモ行進するときのスタイルも、それぞればらばらだ。昔のように全員が同じヘルメットをかぶって、同じようにタオルでマスクをしているというようなこともない。少し遅すぎた感はあるが、ようやく太平洋戦争の後遺症を克服して、個性化の時代の兆しが現れたのである。

# あとがき

最近、週刊誌や雑誌などのメディアで盛んに反戦のキャンペーンが展開されるようになった。これはひとつには、憲法九条を改正して、武力を行使できる体制を作ろうという動きに対する反発ではないかと思う。

最近は駅のキオスクで販売されているような雑誌にすら、こうした記事が登場するようになった。ひとつには、日本の社会がより自由に、ものが言えるようになったことがあげられるだろう。もうひとつ考えられるのは、日本国内で戦争を合法化するための法整備が進み、多くの人々がそれに危機感を募らせているからではないか。

たとえば二〇〇三年六月に成立した有事立法は、海外から武力攻撃を受ける恐れがあると政府が判断した場合、戦前のような国家総動員体制を敷くことを合法化するものである。それによると、自衛隊は言うまでもなく病院、メディア、鉄道・航空・船舶などを運行する会社なども、戦争に協力しなければならないことになっている。

具体的に言うならば、戦闘員を輸送する必要が生じたとき、民間の航空会社に輸送の任務を命ずることができる。必要ならば、病院で働いている医師に戦場で医療活動をするように命ずることもできる。さらに宿泊施設や民家を軍の管轄に置くことすらできる。自衛隊法の第一〇三条四はこの処置について次のように述べている。

（略）家屋を使用する場合において、自衛隊の任務遂行上やむを得ない必要があると認められるときは、都道府県知事は（略）当該家屋の形状を変更することができる。

本書の中に登場するみどり荘と同じように、個人の不動産を自衛隊が自由に使えることが法的に認められたのだ。しかし、有事立法がいかに危険なものであるかは、あまり知られていない。月刊誌と週刊誌、書籍、それに一部の民間放送は別として、そのほかのメディアはほとんど報道しないので、国民が知らないところで、とんでもない法律がどんどん通過するというこまった状況が起きている。

国を防衛する任務を捨て去る必要はないのだ。だが軍備や戦争を、徴兵や戦場を、机上の空論で語ってはいけない。

『昭和は遠く』を著した松浦喜一さんは、

「海外から敵の艦隊が日本に近づいてきて、上陸作戦を展開し、陣地を築いた後、銃撃戦になるというシナリオを想定して有事立法を作ること自体、戦争を知らない証拠です。上陸作戦が展開できるのは、米軍だけです。ほかの国はそんな軍事力はありません。ですから、これからの戦争のスタイルは、ミサイルや核による攻撃になると想定しなければなりません。ということは、戦争になれば民族が滅んでしまう危険性もあるのです」

と言う。自衛隊の関係者も政治家もすでに戦争を知らない世代である。しかし、本当に敵による上陸作戦を真面目に想定するほど無知なのかといえば、そうともいえない。こうした一連の法整備の本当の目的が別にあると見るのが妥当だろう。米軍と協力して日本の自衛隊が「世界の警官」に相乗りすることこそが目的ではないだろうか。それがここ数年、急激に進んでいる武力行使ができる体制造りに拍車をかけている背景に思えてならない。

仮に米軍と日本の自衛隊が共同で軍事作戦を展開すると想定してみる。前線での戦闘は危険でも、少なくとも後方支援であれば安全だという意見が国会内では説得力を持っているが、これも奇妙な論理である。松浦さんによると、太平洋戦争で最初に攻撃されたのは、軍事物資を運ぶ後方支援の船舶だったという。軍事作戦とはそういうものなのだ。

実際、イラク戦争で米軍を手こずらせたのも、イラク軍による貨物への攻撃であった。重装備で武装していないのだから、攻撃しやすいし、それによって前線での軍事作戦をマヒさせることもできる。だから後方支援部隊というのは、もっとも攻撃の標的にされやすいのだ。

自分たちが置かれている状況をわたしたち自身が客観的に見られなくなっているの

は不幸なことだ。が、同時に戦争がなんであるかを語り継ごうとしている人々がいることも忘れてはならない。松浦さんもその一人である。「絶対に戦争してはいけない」という思いを伝えるために、八十歳を超えたいまも、機会があるごとに講演にでかけられる。

未曾有の犠牲者を出した過去の戦争で、二つだけ日本と日本人が得た宝があると思う。それは、平和憲法と女性の参政権である。もし戦前の女性たちに公平な選挙権があったならばと、母として女として思うとき、複雑な心境になる。

わたしの願いはただひとつ。平和な世界を次世代に残すことだけだ。

櫨場眞澄

平成十五年八月十五日

## 著者プロフィール

**櫨場 眞澄**（はせば ますみ）

昭和28年6月1日生まれ。出身地福岡。
短大卒業後、21歳の時上京。保育士となる。
24歳で櫨場貴嗣と結婚し、鹿児島へ。
平成3年、埼玉県戸田市へ。夫の転勤に伴い転居、現在に至る。

**沈黙の四十年** 本当に戦争は終わったのか

2004年1月15日 初版第1刷発行

著 者 櫨場 眞澄
発行者 瓜谷 綱延
発行所 株式会社文芸社
〒160-0022 東京都新宿区新宿1－10－1
電話 03-5369-3060（編集）
03-5369-2299（販売）

印刷所 株式会社平河工業社


ISBN4-8355-6820-6 C0095